Walther Hohenester

Freinacht

Originalausgabe – Erstdruck

Walther Hohenester

Freinacht

Würmtal-Krimi

Kommissar Hofbauers zweiter Fall

Schardt Verlag Oldenburg

Bibliographische Information der *Deutschen Bibliothek*:

Die Deutsche Bibliothek verzeichnet diese Publikation in *Der Deutschen Nationalbibliografie*; detaillierte bibliographische Daten sind im Internet über *http://dnb.ddb.de* abrufbar.

Umschlaggestaltung und Titelphoto Rainer Griese.
Brückenphoto Volker Rebhan.

1. Auflage 2006

Schardt Verlag
Uhlhornsweg 99a
26129 Oldenburg
Tel.: 0441-21779287
Fax: 0441-21779286
Email: schardtverlag@t-online.de
Herstellung: Fuldaer Verlagsanstalt

ISBN 3-89841-251-2

Dieses Buch ist ein Roman. Handlung, Personen und manche Orte sind frei erfunden. Ähnlichkeiten mit lebenden oder toten Personen sind wirklich rein zufällig.

Sie hatten die Nacht im Keller zugebracht.

Die Eltern, der Junge und der Hund mit den langen Beinen. Der Kanonendonner kam von drüben, vom Wald her. Man sagte, die deutschen Truppen hätten noch immer das Tanklager besetzt und würden es bis zum letzten Atemzug verteidigen. Aber auch von München wehte der Schlachtenlärm herüber und von Allach, nur ein paar Kilometer von ihrem Haus entfernt.

Sie waren um sechs Uhr aufgestanden, weil sie schon längst nicht mehr schlafen konnten. Sie gingen in die Küche, kochten sich einen dünnen Tee, und jeder bekam eine Scheibe Brot. Der Vater ging zum Ofen, schob ein paar Blätter des »Völkischen Beobachters« in das Ofenloch, legte Tannenzapfen drauf, und als es richtig und ordentlich brannte, warf er die beiden abgeschnittenen Ärmel seiner Uniform dazu. Der Vater sah grimmig drein, grimmig und entschlossen, aber wenn der Junge nicht so verschlafen gewesen wäre, hätte er die winzige Spur Erleichterung im Gesicht seines Vaters erkennen können.

Sie hatten den Krieg verloren, alle redeten von nichts anderem, Frau Studinger von nebenan rief ständig: »Das wird so sein wie 1918, ich kann mich noch gut erinnern, wir haben's damals überlebt, und wir werden auch diesmal nicht verrekken!« Er ärgerte sich über die Frauen, und er war wütend, daß Frau Studinger vorschlug, sofort alle weißen Bettlaken zu sammeln und sie aus den Fenstern zu hängen. »Damit die Amis sehen, daß wir uns ergeben!«

Im Radio hatten sie gehört, das deutsche Volk ergebe sich keineswegs, das deutsche Volk würde »für Führer und Vaterland« sterben. Der Führer war in Berlin, und auch er kämpfte bis zum letzten Blutstropfen, so hatte es der Nachrichtensprecher gesagt. Daß auch der Führer sterben würde, schien unmöglich. Der Junge überlegte, der Führer müsse dann ja für sich selber sterben, für sich als Führer, und das kam ihm höchst seltsam vor.

Der Vater zerriß jetzt auch die Uniformhose. Der Ofen qualmte tierisch, und sie liefen zur großen Glastür, die in den Garten führte, und rissen sie auf, damit man wieder halbwegs atmen konnte.

Das Radio unterbrach seine langweilige Musik, und die Stimme des Sprechers gab Siegesmeldungen durch. Aber diese Meldungen glaubte keiner mehr.

Der kleine Fluß, der durch Planegg plätschert, ist nicht sehr tief.

Es gibt ein halbes Dutzend Brücken, mehr als 20 artfremder Kanadagänse und in seinen Fluten eine Armada von Forellen, Äschen und anderen heimischen Fischen.

Wirmina, die Schnellfließende, haben die Kelten ihn genannt.

Man soll in dem kleinen Fluß nicht baden. Denn das Klärwerk, oben in Starnberg, klärt nicht so, wie man es ihm befohlen hat. Ein paar Cholibakterien gibt es immer, die durch die Filter schlüpfen. Deshalb empfiehlt der Gemeinderat alljährlich, das Flüßchen zu meiden. Den Planeggern ist dies egal, allen anderen auch. Sie lieben ihr Flüßchen. Wer Lust hat, sich abzukühlen, der tut's.

Dann wäre da noch die Würm-Eiszeit zu erwähnen. Aber die interessiert in der Hauptsache die Geologen. Und die sind rar.

Der Tote, der sich im Gestrüpp verfangen hatte, ein paar Meter unterhalb der schmalen Insel, war alt, auffallend mager, mit zahlreichen Flecken auf Gesicht und Händen. Er trug eine braune Kordhose, graue Jacke und grauen Wintermantel, Halbschuhe, eine nicht sehr phantasievoll gemusterte Krawatte. Er war fast kahl.

Polizeihauptwachtmeister Lederer von der Polizeistation Planegg hatte die Leiche gefunden. Es war Sonntag, der 1. Mai, der Tag der Radfahrer, der fröstelnden Biergartenbesucher, der Tag der verstopften Autobahnen.

Als Lederer gegen 6.30 Uhr den Streifenwagen nach einer langen und sehr anstrengenden Dienstnacht Richtung Heimat lenken wollte, überkam ihn ein dringendes menschliches Rühren. Er fuhr den Wagen an den Straßenrand und begab sich, wie er sich später ausdrückte, »zum Zwecke des Wasserablassens« ans Ufer der Würm.

Dort entdeckte er den Toten.

Der Polizeihauptwachtmeister beförderte seinen Schnippedillerich in die Hose zurück, zog den Reißverschluß mit einem Ruck nach oben und straffte sich, um den kommenden Tatsachen müde, aber dennoch gefaßt ins Auge zu sehen. Er rief den jungen Kollegen Zinner zu sich, sie patschten ins Wasser, trugen die Leiche ans Ufer, und nach etlichen Telefonaten begann sich die amtliche Mühle knarzend, aber sehr selbstbewußt in Bewegung zu setzen. Der Polizeifotograf erschien, die Leute vom Erkennungsdienst tappten über die taunasse Wiese, ohne Rücksicht auf die Schar zischender Kanadagänse, die sich entschlossen hatte, keinen Fußbreit zu weichen.

Der Amtsarzt erklärte, die Leiche habe schon gute sechs oder sieben Stunden im Wasser gelegen. »Sie riecht noch nicht, weil sie noch frisch ist«, ergänzte er mit beruflicher Beiläufigkeit.

»Keine Einwirkungen von Gewalt?« Lederer schob sich seine verschwitzte Dienstmütze zurecht.

»An der Weste des Toten hängt ein goldenes Uhrenkettchen. Allerdings ohne Uhr«, sagte einer der Männer in den weißen Schutzanzügen, ein etwas zu klein geratener Typ, der aussah wie eine in Plastik verpackte Wurst.

»Und das hier«, der Amtsarzt deutete auf zwei dunkle Streifen am Hals des Opfers, »könnten Würgemale sein. Ich bin mir nicht hundertprozentig sicher, aber ich müßte mich in der Tat sehr täuschen und bekanntlich ...«

»... täusche ich mich nie!« vollendete der Kurze.

Der Doktor lächelte geschmeichelt.

Der junge Zinner, mürrisch und schlecht gelaunt, klappte die triefend nasse Ausweistasche auf, die er dem Toten aus der Jacke gezogen hatte. Er nahm die Kennkarte heraus, wischte sie sorgfältig ab. »Siegmund Kalduweit, geboren am 11. August 1924 in Dresden, jetzt wohnhaft in Krailling, Am Waldrand 14«, las er vor. Er kramte ein paar Geldscheine aus der Ausweistasche, einen kaum mehr als solchen zu erkennenden Führerschein, drei Zettel mit unleserlichen Notizen und Zahlen, Büroklammern, Sicherheitsnadeln, zwei aneinandergeklebte 55-Cent-Briefmarken. Zinner legte die jetzt leere Ausweistasche auf einen großen Stein, genau zwischen zwei Batzen Gänsedreck. »Der Alte ist ersoffen!« stellte er lakonisch fest.

»Wie kann man bei diesem Wasserstand ertrinken?«

Der Mann mit der Kamera packte seine Utensilien wieder ein. »Man kann alles, wenn man will! Und wenn man über achtzig ist, hat man das Recht zu ersaufen, auch bei Niedrigwasser.«

Lederer wurde plötzlich sehr fröhlich. »Ein Uhrenkettchen ohne Uhr? Würgemale? Das ist was für unsere Freunde in der Stadt! Die sollen auch was abhaben von der guten Landluft!« Er stieg über die rotweiß gemusterte Absperrung und setzte sich in den Streifenwagen. Die Sprechfunkanlage nuschelte leise etwas von einer entlaufenen Katze, Lederer schloß für Sekunden die Augen, sein kurzer Anfall von guter Laune war schon wieder im Abklingen begriffen.

Unzählige Fetzen von Klopapier wehten über die Straße, zwirbelten dekorativ von den noch recht kahlen Ästen der Bäume. Sie waren Zeugen der vergangenen »Freinacht«, der Nacht vom 30. April auf den 1. Mai, in der die hoffnungsvolle Jugend des Würmtals wieder einmal Zäune, Autos und Laternenpfosten nach Christo-Manier umhüllt und eingewickelt hatte.

»Das ist grober Unfug«, murmelte er, »man müßte sie alle einsperren. Vier Wochen lang!«

Er gab die Meldung vom Fund des Toten an die Münchner Ettstraße durch, kurz und sachlich. Dann schloß er erneut die Augen, um wenigstens mental dem polizeilichen Jammertal für Minuten zu entfliehen. Eine Dusche ... Ein Schinkenbrot ... Und Elisabeths kugelrunder Hintern, der sich anfühlte wie eine warme, sonnenbestrahlte Tomate ...

»Aufwachen! Fröhlich sein!« Die Tür wurde aufgerissen, und Zinner ließ sich auf den Beifahrersitz fallen.

Lederer schreckte hoch. »Du bist die Rücksichtslosigkeit in Person!« Wütend massierte er seinen linken Fuß, der als einziger Teil seines müden Körpers tatsächlich eingeschlafen war und sich jetzt kribbelnd und recht unangenehm bemerkbar machte.

»Hast du die Cracks aus der Stadt informiert?« erkundigte sich Zinner ungerührt.

»Habe ich.«

»Und wer hat heute Dienst?«

»Hofbauer!«

Zinner steckte sich einen Kaugummi in den Mund. Er packte die Utensilien, die er bei der Leiche gefunden hatte, in eine Plastiktüte. »Wenn Hofbauer kommt«, sagte er lüstern,

»hat er sicher wieder seine knusprige Freundin dabei. Dabei ist sie viel jünger als er.«

»Anita ist nicht seine Freundin!«

»Was dann?«

»Frag sie doch selbst!«

Falsch aber lustig begann Zinner vor sich hinzupfeifen. Er schien von den vergangenen Strapazen keine Spur mitbekommen zu haben.

»Seine echte Freundin heißt Milly«, sagte Lederer.

»Woher weißt du denn das?«

»Berufsgeheimnis.«

Sie betrachteten die vermummten Gestalten der Spurensicherung, die noch immer jeden Grashalm beäugten und jedes leere Schneckenhaus sorgfältig untersuchten, aber bis jetzt keinerlei weitere Hinweise auf den gewaltsamen Tod des Herrn Siegmund Kalduweit entdeckt hatten.

»Der Alte ist ins Wasser gerutscht, vielleicht oben bei der Brücke. Möglicherweise war er betrunken.«

Lederer klopfte sich eine Zigarette aus der Schachtel, betrachtete sie stumm und steckte sie hinter sein Ohr. »Oder es hat tatsächlich jemand nachgeholfen«, beharrte er auf seiner Theorie. »Denk an die fehlende Uhr!«

»Vielleicht wollte er nur mal pinkeln, so wie du«, sagte Zinner.

»Kann sein.«

»Warum veranstalten wir dann dieses Brimborium?«

Lederer betrachtete sein heute noch jungfräuliches Feuerzeug. Er sagte: »Hast du noch nie etwas vom kriminalistischen sechsten Sinn gehört?«

»Noch nie!«

»Und die Würgemale?«

»Stammen von seiner Frau.«

Sie grinsten. Die Gräfelfinger Kirchturmuhr teilte mit feierlichem Glockenklang mit, was die Stunde geschlagen hatte.

»Sieben auf einen Streich«, rief Zinner.

Die ersten Spaziergänger erschienen, der Leichenwagen mit der Blechwanne rollte heran und schob sich diskret unter eine Trauerweide.

»Hofbauer kommt«, wiederholte Zinner. »Hofbauer himself!« Er pfiff nun seine Version eines Schlagers aus dem Musical »Hair«. »Sagen wir's ihm?«

»Was?«

»Die Story von seinem Sohn.«

»Aber ja doch!« Der Mann am Steuer wurde lebendig. Er fischte sein Notizbuch aus der Gesäßtasche, schlug es auf, starrte auf die vier Namen, die er am Schluß seiner letzten Eintragungen notiert hatte. »Avemarg, Pichler, Kobeck«, Lederer zog eine Grimasse, »Hofbauer, Sebastian!« Mit einem Knall klappte er das Notizbuch zu. »Klar sagen wir's ihm! Wir schmieren es ihm aufs Butterbrot! Damit auch er seine Freude hat!«

»Du bist die Rücksichtslosigkeit in Person«, äffte Zinner seinen Kollegen nach. »Was hat dir der Mann aus München denn getan?«

»Nix!« Lederer öffnete die Wagentür und schob seine langen Beine ins Freie. »Aber es ist gut, einen kleinen Vorsprung zu haben. Merk dir das!«

»Ich will's versuchen!«

Zwei weitere Beamte der Planegger Polizeistation erschienen, schälten sich aus ihrem Auto und teilten den Bürgern mit, daß sie hier und jetzt und an dieser speziellen Stelle absolut nichts zu suchen hätten. Sie sollten gefälligst weitergehen und nicht stören. Die Bürger rührten sich keinen Millimeter vom Fleck.

»Wir haben die ganze Angelegenheit wieder einmal voll im Griff«, stellte Lederer sarkastisch fest.

Siegmund Kalduweits sterbliche Hülle lag traurig im taunassen Gras.

Kriminalhauptkommissar Hofbauer stand mit seinem Dienstwagen dort, wo man in München meistens steht, nämlich im Stau. Neben ihm saß Anita, die schöne Anita, im zarten Beige des oberbayrischen Modefrühlings.

Die Innenstadt war gesperrt, auf dem Marienplatz bereitete man sich auf die üblichen Maikundgebungen vor. Tausende von Ausflüglern strebten zu den Seen und ins nahe Gebirge. Deutschlands heimliche Hauptstadt leuchtete zum soundsovielten Male.

»Also dann, pack ma's!« Sie schalteten Sirene und Blaulicht ein, pflügten sich erst langsam, dann immer schneller durch die widerwillig ausscherenden Autos, verließen die Innenstadt und rasten auf der Schnellstraße zur Ausfahrt Gräfelfing.

»Hast du heute schon was gefrühstückt?«

Anita schüttelte den Kopf.

»Zwei Brezeln!« Hofbauer rauschte auf der langen, sich ewig hinziehenden Rechtskurve zur Ampel, die den Weg in die Pasingerstraße regelte. Er hatte die Brezeln nach Hofbauer-Art gegessen, mit Butter bestrichen und mit Honig garniert. Sie waren vom Brezeldienst geliefert worden, einem Bäckermeister mit seinen Leuten, dem es auf geheimnisvolle Weise gelungen war, das strenge deutsche Sonntagsbackverbot zu umgehen.

»Vielleicht kann man nach getaner Arbeit irgendwo eine Tasse Kaffee trinken«, sagte Anita.

»Ich trinke seit Monaten keinen Kaffee mehr.«

»Sie rauchen nicht, Sie trinken keinen Alkohol und auch keinen Kaffee. Haben Sie denn überhaupt kein Laster?«

»Doch!« Hofbauers Gesicht verzog sich zu einem charmanten Lächeln. »Du bist mein einziges Laster«, sagte er.

»Sie machen mich richtig glücklich«, lachte Anita.

Die Bahnhofstraße von Gräfelfing empfing sie mit einer Hundertschaft wehender Papierrollen, schaumverschmierten Briefkästen, Dutzenden von zerplatzten rohen Eiern. Vom Flachdach einer Garage grüßte ein Motorroller. Sein bedauernswerter Besitzer hatte vergessen, das Prachtstück vor Beginn der Raubzüge zu bergen. In den Ästen einer Silberpappel hing ein Paar ungeputzter Bergstiefel. Ein Kassettenrecorder schmückte das Podest eines überdimensionalen Betonpfostens, nebendran lag ein Starenkasten, offensichtlich unbewohnt.

Sie bogen in die kleine Seitenstraße ein, parkten das Auto am Wegrand, dicht hinter dem Planegger Streifenwagen. Der Kommissar betrachtete die vertraute Szene: die beiden Polizisten, die »Mondmänner« in ihren seltsamen Umhüllungen, den Arzt, die neugierigen Zuschauer. Und mittendrin die doch recht befremdlich wirkenden Kanadagänse. Hofbauer schwang sich aus dem Auto, sog die frische Morgenluft tief in sich hinein.

Er kannte die Stelle sehr genau. Als zehnjähriger Junge hatte er sich genau hier eine klaffende Schnittwunde zugezogen, als sie in der Würm wieder einmal vom Planegger Wellenbad in Richtung Gräfelfing halb geschwommen, halb gewatet waren. Zu einer Zeit, als man die Cholibakterien noch nicht erfunden hatte. Tetanusspritzen allerdings gab es schon und einen einzigen Onkel Doktor, der es neben seiner ärztlichen Kunst auch verstand, Strafpredigten zu halten. Beispielsweise den Planeggern, die ungeniert ihre Flaschen in den Fluß statt in die Aschentonnen warfen. Und dem Schüler Peter Hofbauer, als der versucht hatte, väterliche Zigarren zu rauchen, im Alter von zehn Jahren.

Lederer kam auf sie zu, grüßte verhalten und erstattete zum zweiten Mal seine Meldung.

»Wann haben Sie Ihre erste Zigarre gepafft?«

»Ich?«

»Ja!«

Der Polizeihauptmeister überlegte, ob er eine Falle wittern sollte. Vielleicht wußte dieser Typ aus der Stadt bereits bestens Bescheid in Sachen Bastian? Aber das war unmöglich! Lederer kam zu der Einsicht, daß es im Augenblick schlicht zu anstrengend gewesen wäre, zu viel zu vermuten. Also sagte er trocken, er könne sich an sein erstes Rauchabenteuer nicht mehr erinnern.

Anitas frecher Blick ließ ihm ein merkwürdiges Kribbeln über den Rücken laufen. Wieder dachte er an Elisabeth, die jetzt alleine in ihrem Bett kuschelte, und die Vorstellung von runden, roten, handwarmen Tomaten wurde nahezu unerträglich.

Der Kommissar schritt über die Wiese, noch ein wenig steif von der Autofahrt. Mit einem Nicken grüßte er den Amtsarzt und die Leute der Spurensicherung, betrachtete nachdenklich den toten, alten Mann, der überhaupt nicht zu dem frühlingshaften Morgen passen wollte.

»Siegmund Kalduweit, wohnhaft Am Waldrand 14, Krailling«, berichtete Lederer, nur um eine Nuance weniger brummig als vorher.

»Jahrgang 1924. An seiner Jacke ein Uhrenkettchen ohne Uhr, Würgemale am Hals«, fügte Zinner schneidig hinzu.

»Seit etwa acht Stunden hinüber«, ergänzte der Arzt. »Haut blutleer mit leichtem Blaustich. Der Mann wurde erwürgt und ins Wasser gestoßen. Vielleicht auch durch den Schock getötet.

Oder er ist ertrunken, aber das wird sich sehr leicht feststellen lassen, später, wenn ich ihn erst einmal unter meinen Fittichen habe.«

Sie standen da, frierend, die beiden Planegger Beamten rückten verstohlen ein paar Schritte zur Seite in die vereinzelten Sonnenstrahlen, die sich durch die zartbelaubten Ebereschen stahlen.

Die Brezeln in Hofbauers Magen begannen zu rebellieren. Wahrscheinlich hatte er sie wieder einmal zu hastig verschluckt. Und zu viel Butter draufgestrichen. Und zu viel Honig. Aber Brezeln mit viel Butter und mit noch mehr Honig waren das Spezialfrühstück aller Hofbauers männlichen Geschlechts. Sogar Bastian aß sie mit Leidenschaft. Hofbauer hatte das, als sein Familienleben noch in Ordnung war, immer wieder mit Rührung festgestellt. Seit zwei Jahren allerdings war der Hofbauersche Familienfrieden massiv gestört. Die Ehe geschieden, Claudia mit irgendwelchen Knilchen unterwegs. Und Bastian feierte in einer WG mit anerkannt schlechtem Ruf seine Freiheit. »Blöd, aber modern«, murmelte Hofbauer.

»Wie?«

»Nichts.« Hofbauer schob seine Gedanken zur Seite, zuckte mit einer entschuldigenden Geste in Richtung Anita die Schultern.

»Wer ermordet alte Männer?« fragte seine Mitarbeiterin, wobei sie nicht unbedingt eine Antwort zu erwarten schien.

»Auch alte Männer müssen mal sterben.« Das war Zinner, der aber mit dieser Bemerkung nur ein Kopfschütteln erntete.

Der Kommissar dachte an seinen Vater, der 63 war, als er den tödlichen Herzinfarkt bekam. »Jeder stirbt für sich allein.« Er sagte es nur ganz leise, bewegte kaum die Lippen, aber Anita schien es doch gehört zu haben.

Hofbauer beugte sich hinunter zu Kalduweit. »Schau mal«, er winkte Anita zu sich heran und deutete auf Kalduweits Gesicht. »Dieser strenge, schmale Mund! Die schreckliche Krawatte! Und das altmodische Hemd mit den Kragenspitzen!«

»Vielleicht war der Mann mal Turnlehrer oder so«, sagte Anita.

»Oder Gymnasialprofessor!«

»Oder Kriminalhauptkommissar!«

Zinner grinste dämlich, er sah hinüber zu Hofbauer, aber der schien Anitas originellen Lösungsvorschlag überhört zu haben. Lederer nahm die Zigarette vom Ohr, roch daran und warf sie kurzentschlossen ins Wasser.

Zinner staunte.

»Gibt's hier irgendwo was zu trinken?« Hofbauer starrte auf den toten Kalduweit, er hatte das Gefühl, die Brezeln würden ihm noch immer im Halse stecken.

»Zur Eisdiele sind's nur ein paar Meter«, sagte Lederer und gähnte. »Wir waren die ganze Nacht unterwegs.« Müde fuhr er sich über sein unrasiertes Kinn.

»Klorollen zählen«, feixte Anita. »Kids aufschreiben und nach Hause schicken!«

Lederer kramte eine neue Zigarette aus der Jackentasche, betrachtete sie, steckte auch sie hinter sein Ohr.

»Wie wär's mit einem extra starken Espresso?« schlug Anita versöhnlich vor.

Lederer gähnte ein zweites Mal. »Ich kann darauf verzichten«, sagte er, wenig charmant.

Anitas Augen wurden schmal. Sie trat einen Schritt auf Lederer zu, grabschte sich die Zigarette, und ehe der Ärmste etwas dagegen unternehmen konnte, hatte sie den Glimmstengel angezündet, ein paar hastige Züge inhaliert und diesen dann ebenfalls in der Würm versenkt.

Einer der Vermummten erschien und fragte, ob der Hauptkommissar noch einmal einen Blick auf die Leiche werfen wollte. Hofbauer schüttelte den Kopf. Leichen und Honigbrezeln hatten sich noch nie gut vertragen.

»Dann gehen wir jetzt«, sagte der Vermummte.

»Wenn's moana!«

Der Mann stapfte zu seinem Kollegen, sprach mit den beiden Männern, die bei dem Kombi standen, und Kalduweits sterbliche Überreste verschwanden in der Wanne und wurden in den schwarzlackierten Wagen geschoben.

»Ich war mal auf Mallorca«, Anita verfolgte mit geschäftsmäßigen Blicken den Abtransport, »da werden die Toten in Nischen verstaut. Der Friedhof besteht dort aus Nischen, nichts als Nischen. Vom ersten bis zum sechsten Stock. Mit Blick aufs Meer.«

»Bezaubernd!« Das war Lederer, der nun endgültig nach Hause verschwinden wollte.

Hofbauer massierte seine Nase. »Was sind das für Leute, die für die Klorollen und die rohen Eier zuständig sind?« wollte er wissen.

»Das ist unsere strebsame Jugend.« Lederer verzog sein Gesicht in Erinnerung an die vergangene Nacht. »Papis Stolz und Mamis Hoffnung.«

»Des Würmtals jeunesse dorée«, spottete Anita. »Habt ihr sie erwischt und gehörig an den Ohren gezogen?«

»Ohrenziehen ist verboten.«

»Wir haben ein paar der Bürschchen notiert«, sagte Lederer. Zum zweiten Mal zog er sein Notizbuch aus der Gesäßtasche, blätterte darin herum und begann, die Namen vorzulesen. »Avemarg Kai, Pichler Tim, Kobeck Gerald ...«, er schwieg.

»Weiter!« befahl der Kommissar.

»Und ... tut mir leid, Herr Kommissar«, Lederer fing nun doch an zu stottern, »ein gewisser Hofbauer Sebastian war auch dabei. Ist das ... ich meine, ist das Ihr Sohn?« Lederer sah zu Zinner hinüber, der mit neugierigen Augen die Szene betrachtete. Die beiden Beamten stellten fest, daß der Hauptkommissar sichtlich betroffen war. Wesentlich mehr, als sie erwartet hatten.

»Was hat Sebastian angestellt?« Hofbauer spürte, wie die Brezeln wieder begannen, in seinem Magen zu rumoren, in seinem Mund bildete sich ein fader Geschmack. Er warf einen kurzen Blick hinüber zu Anita, die genauso irritiert zu sein schien wie er selbst.

Der junge Zinner tat so, als ginge ihn das alles gar nichts an. Er zog ein engelsgleiches, unschuldiges Gesicht. Lederer bewunderte ihn sehr dafür.

»Also, was war los?«

»Nichts besonderes, Herr Kommissar!«

»Nun red schon!«

Lederer hustete. »Ihr Sohn hat ein paar, äh, unhöfliche Antworten gegeben«, erklärte er zögernd. »Weiter ist nichts gewesen.« Er klappte das Büchlein zu. »Nicht der Rede wert, Herr Kommissar, das können Sie mir glauben. Überhaupt nicht der Rede wert.«

»Er hat fünf Autoreifen zerstochen«, sagte Zinner.

Die Gräfelfinger Eisdiele war noch geschlossen. Sie setzten sich auf die beiden Stühle, die neben der Eingangstür standen. Die Stühle hatten wie durch ein Wunder den nächtlichen Vandaleneinfall überstanden, unversehrt warteten sie auf kommende Gäste. Die Sitzflächen waren kalt und unwirtlich, die schrägstehende Sonne gab sich zwar alle Mühe, konnte aber noch keine spürbaren Erfolge verzeichnen.

Hofbauer starrte auf den Zettel, den ihm Lederer gegeben hatte. Er hatte sich bei den beiden Landpolizisten genauestens erkundigt, was vor sich gegangen war.

Sebastian war mit einer Horde Halbwüchsiger durch die Planegger Bahnhofstraße gezogen. Sie hatten so ziemlich alles, was ihnen in die Quere kam, mit Rasierschaum besprüht und die sonst üblichen Sauereien veranstaltet. Auf dem Parkplatz der Großgaststätte Heide Volm stach Sebastian dann auf eine Reihe von Autoreifen ein, fünf von den Reifen gingen flöten. Man hatte ihn auf frischer Tat ertappt. Natürlich hatte Hofbauers Sohn keinerlei Papiere bei sich gehabt, kein Geld, rein gar nichts. Nach längerem Hin und Her und einem Telefonanruf war schließlich Bastians Mutter auf der Polizeistation erschienen und hatte die Angelegenheit in Ordnung gebracht, so gut es eben ging.

Drei Rennradler spurteten vorbei, verkleidet wie die Papageien. Ein offenes BMW-Cabriolet glitt in entgegengesetzter Richtung durch die menschenleere Bahnhofstraße. Der überlaut dröhnende Baß einer Beatgruppe, der aus dem Autoradio tönte, wurde leiser und leiser. »Und sonntags geht's auf die Autobahn«, murmelte Anita.

»Avemarg Kai, Pichler Tim, Kobeck Gerald ...« Hofbauer zerknüllte wütend den Zettel. »Hofbauer Sebastian! Fünf Autoreifen zerstochen! Alleine!«

»Das würde ich erst mal genauestens überprüfen«, sagte Anita schwach.

»So, würdest du.«

»Ich meine ja nur ...«

Sie schwiegen. Anita überlegte, inwieweit sie ihrem Chef gute Ratschläge erteilen durfte, Hofbauer dachte darüber nach, inwieweit er gute Ratschläge brauchen konnte. Natürlich mußte er das alles klären. Mit den Besitzern der Wagen reden. Und seinen Filius da heraushauen, irgendwie. Und blechen. Und den ganzen Ärger runterschlucken. Er wunderte sich, wie man mit 16 Jahren noch so doof sein konnte. Und sich dann auch noch von der Polizei erwischen zu lassen ...

»Dabei will er schon erwachsen sein«, knurrte Hofbauer.

Ein Schlüssel wurde ins Schloß geschoben, zweimal herumgedreht und die Tür geöffnet. Der Besitzer der Eisdiele erschien, sehr italienisch, sehr unausgeschlafen, sehr hektisch.

Er schnupperte kurz in die Mailuft, und ohne seine beiden frühen Gäste zu beachten, verschwand er wieder im Inneren seines höhlenartigen Etablissements.

»Gehe ich recht in der Annahme, daß der nicht mal Guten Morgen gesagt hat?« wunderte sich Anita.

»Er wird's nachholen«, brummte Hofbauer.

»Eine Chance geb ich ihm, mehr nicht!«

Ein Windstoß wehte ein paar Fetzen der allgegenwärtigen Papierrollen vorbei, sie verfingen sich in einem Fahrradständer, den man an den nächsten Laternenpfahl gekettet hatte. Ein Pappschild, ebenfalls an den Pfahl gebunden, forderte auf, ein Klavierkonzert zu besuchen. Allerdings war nicht zu erkennen, wo und wann das Konzert stattfinden sollte. Denn alle wichtigen Daten waren mit pechschwarzer Farbe übermalt.

»Wir müssen zu diesen Kalduweits«, sagte Hofbauer, während er den zerknüllten Zettel kraftvoll in den Rinnstein feuerte. »Sicher gibt es eine trauernde Witwe.«

»Klaro!«

Erneut sprang die Türe auf. Wieder erschien der Besitzer, aber er war wie ausgewechselt. Er beehrte seine Gäste mit einem munteren Lächeln, er schleppte Stühle herbei, deponierte die Eiskarte auf einem Tisch, den er ebenfalls herbeigetragen hatte und erkundigte sich in fließendem Bayrisch-Italienisch, was er denn bittschön bringen dürfe.

»Cappuccino«, flüsterte Anita.

»Heißen Tee«, sagte Hofbauer.

»Machma!« Und Giovanni, oder wie immer er auch heißen mochte, drehte sich um, das Gewünschte zu holen.

Hofbauer versank in einen konstruktiven Minutenschlaf. Seine Begabung, immer und überall tief und fest schlafen zu können – nur im Sitzen, wohlgemerkt – kam ihm wieder einmal sehr zunutze.

Anita wartete geduldig, betrachtete zum wiederholten Male Gräfelfings Vorzeigeboulevard in der Zierde der vergangenen Nacht. Sie starrte hinüber zu den beiden Modegeschäften, zögerte ein paar Sekunden lang, verließ dann die Eisdiele und überquerte die Straße.

Mit Kennerblick begutachtete sie die Auslagen, musterte Röcke und Blusen, stellte fest, daß die Angebote durchaus mithalten konnten mit den Verlockungen der Stadt. Fragte sich grübelnd, ob die »Phantasie in Blau«, gleich rechts neben der Tür, einer Anprobe eventuell würdig war, irgendwann mal, nächste Woche vielleicht.

»Beim Lichtwegweiher gibt's Flußregenpfeifer!« Neben ihr stand ein Herr, eigentlich mehr ein Mann, mit Schirmmütze und seltsam gestaltetem Spazierstock, ein Fernrohr um den Hals. »Man muß sehr früh aufstehen, wenn man sie sehen will«, fuhr er fort, »bei Wind und Wetter, Hagel oder Sturm. Zwei Pärchen sind's, eine kleine Sensation, wenn Sie verstehen, was ich meine.« Er hob das Fernrohr an die Augen, richtete es auf die Uhr der katholischen Kirche, nickte. »Ich seh nicht mehr so phantastisch«, erklärte er, »da ist mein guter, alter Anton absolut nützlich.« Er deutete auf das Ungetüm. »Habe ich selbst gebastelt, in über zweihundert Arbeitsstunden. Entschuldigung«, er erschrak sichtlich, »Truxeis, wenn Sie gestatten. Ich bin Hobbyornithologe.«

»Mauermann«, murmelte Anita.

Der Mann deutete auf die Modeschöpfungen in der Auslage. »Davon versteh ich nichts. Der Mut zur Lücke!« Er lachte. »Der Flußregenpfeifer ist interessanter. Krähen fressen Frösche, wußten Sie das?« Er lüftete seine Schirmmütze, setzte sie wieder auf sein Haupt. »In diesem Zusammenhang«, er rückte die Schirmmütze zurecht, »möchte ich Sie gerne fragen, ob ich Sie zu einem Bananensplit einladen darf? Hier gleich gegenüber?«

Anita dachte kurz nach, dann kam sie zu dem Ergebnis, daß ein geschwätziger Frühaufsteher für etwaige Informationen in Sachen Kalduweit durchaus wichtig sein könnte. Sie sagte, sie müsse den Bananensplit leider ablehnen, würde aber einem frischen Croissant eine Chance einräumen.

»Prachtvoll!« antwortete Truxeis. Er deutete auf einen breiten, gelben Strich, der sich zu ihren Füßen nach links und nach rechts erstreckte, und der sich auf beiden Seiten in der Ferne verlor. »Das sind die sogenannten Angebotsstreifen für Radfahrer«, erklärte er. »Sie müssen wissen: Planegg ist schöner als Gräfelfing, aber Gräfelfing hat die moderneren Fahrradwege.« Er grinste, dann wanderte er, seinen Spazierstock schwingend, zur Eisdiele hinüber.

Anita tippelte hinterdrein, nickte Hofbauer zu, der inzwischen seinen Kreativschlaf beendet hatte. Truxeis betätigte einen verborgenen Knopf, es machte »klack«, und es entfaltete sich ein nicht allzu großer, aber doch recht bequem scheinender Ledersitz. Zufrieden nahm der Ornithologe Platz.

Nach einem kurzen Schweigen berichtete Anitas neuer Freund, daß die Haubenlerche zum Glück vor dem Aussterben gerettet sei. »Für den Moment jedenfalls«, wie er einschränkend hinzufügte. Er rief nach Giovanni, der in Wirklichkeit Paolo hieß (so stand es jedenfalls auf seinem T-Shirt), orderte ein Glas Selterswasser für sich und ein (»versprochen ist versprochen«) knuspriges Croissant für Anita. Dann fragte er Hofbauer, ob er schon einmal Löwenzahnsalat gegessen habe.

Der Kommissar betrachtete Truxeis, der geschickt auf seinem Dreiecksthron balancierte, mit zusammengekniffenen Augen. »Hofbauer, Kripo München«, knurrte er. »Wo waren Sie heute nacht? Sagen wir, ab 23 Uhr?«

Das Selterswasser erschien, das Croissant »frisch aus dem Ofen« ebenfalls, Truxeis hatte genügend Zeit, die überraschenden Fragen Hofbauers zu verdauen.

»Ich war im Bett«, sagte er, mehr belustigt als verärgert. »Und Sie?« fügte er mit einem unschuldigen Lächeln hinzu.

»Herr Truxeis ist Ornithologe«, erklärte Anita schnell.

»Hobbyornithologe«, verbesserte Truxeis. »Im Zivilberuf bin ich Rentner. Wohnhaft Thürheimstraße, Planegg. Zahle pünktlich meine Steuern.«

Zu jeder anderen Gelegenheit wäre Hofbauer auf die doch recht spitze Art seines Gegenübers eingegangen, hätte sie spielend erwidert. Aber die Enthüllungen Lederers über die Dummheiten seines Sohnes hatten ihn zutiefst verletzt. Er war »schlecht drauf«, wie Bastian es ausdrücken würde. Verdammt nochmal, er hätte in München bleiben und die Sache dem Kollegen Lichtlein überlassen sollen!

»Sie haben also die ganze Nacht in Ihrem Bett verbracht?« Vielleicht sollte er sich einen Cognac bestellen, trotz der noch recht jungfräulichen Morgenstunde. Einen »Magno«, aber der war spanisch und würde hier wohl kaum zu kriegen sein.

»Ich war die ganze Nacht in meiner Koje«, wiederholte Truxeis mit ernster Miene.

»Wie lange?«

»Bis acht Uhr!«

»Und die Flußregenpfeifer?« erkundigte sich Anita. »Da muß man doch schon vor dem Morgengrauen aufstehen, Sie haben es mir selbst erzählt!«

»Man sieht sie auch am Vormittag!«

Der Donnerpfeil mit den überlaut gestellten Boxen rauschte vorbei, diesmal in entgegengesetzter Richtung. Und mit einer Ladung unternehmungslustiger Teenies weiblichen Geschlechts besetzt. »A day, a day, a holi-, holiday ...«

Die Klopapierrollen wirbelten angeregt durch die Luft.

Truxeis nahm ein Schlückchen seines Selterswassers, stellte das Glas abrupt auf den Tisch zurück.

»Sagen Sie mal« – erst jetzt schien ihm aufzufallen, in welches Gespräch er verwickelt worden war – »wieso stellen Sie mir eigentlich derart dämliche Fragen, ich meine, in welchem Zusammenhang steht der Flußregenpfeifer«, er trank einen weiteren Schluck, »und die Tatsache, daß ein Vertreter der Mordkommission, so ist es doch oder etwa nicht ... Was wollen Sie eigentlich von mir?« Er stand auf, klappte seinen Notsitz zusammen und fing an, seine Regenjacke nach Kleingeld zu durchsuchen.

»Etwa hundert Meter vor der alten Mühle wurde eine Leiche gefunden«, sagte Hofbauer. »Ein alter Mann, Jahrgang 1924, vermutlich erwürgt.«

»Wir dachten, Sie haben vielleicht irgendwas gesehen«, fügte Anita versöhnlich hinzu. »Als Ornithologe sind Sie doch gewiß ein genauer Beobachter, stimmt's?«

Anitas Schmeicheleinheiten perlten an Truxeis ab wie die Wassertropfen an seiner Regenjacke nach einem Gewitterguß.

»Ihr Chef hat mich gefragt, wo ich mich ab 23 Uhr aufgehalten habe«, unterbrach Truxeis seine Suche nach dem Kleingeld, »noch bevor er wußte, daß ich Ornithologe bin. Exakt?« Sein Zeigefinger wies zielgenau auf Hofbauers Kinn.

»Exakt«, murmelte der Kommissar zerstreut. »Vergessen Sie's! Wie wär's mit einem Cognac? Einem Vecchia Romagna?«

»Das ist jetzt ...«, erneutes Wühlen in allen Taschen, dann fuhr Truxeis fort, er habe leider keinen Pfennig Geld dabei, er wolle jedoch seinerseits die junge Dame einladen, und es sei ihm ganz unglaublich unangenehm. Aber er könne Paolo bitten, ihm Kredit zu gewähren, wenn die Herrschaften damit einverstanden seien.

Der Maestro erschien, und nach einigem Hin und Her einigte man sich auf die von Paolo überraschend vorgeschlagene Lösung, daß nämlich er, Paolo, die Rechnung auf sein Haus nehmen werde. Gleichsam als kleine Entschädigung dafür, bei der morgendlichen Eröffnung seiner Eisdiele ein bißchen zu grantig gewesen zu sein.

Truxeis bedankte sich wortreich. »Ich hoffe, mich möglichst bald einmal revanchieren zu können. Was Ihre Nachforschungen betrifft«, er verbeugte sich, »ich möchte das noch einmal ausdrücklich betonen: Ich habe die ganze Nacht in meinem Bett gelegen! Und ich habe nichts gesehen, nicht einen Hauch! Ich bin«, er hob in komischer Verzweiflung die Arme, »völlig unschuldig!«

»Grüßen Sie mir den Flußregenpfeifer«, rief Anita.

Der Ornithologe lächelte gequält, klemmte seinen Notsitz unter den Arm und verschwand in Richtung Bahnhof.

»Ein merkwürdiger Mensch«, stellte Hofbauer fest, als Truxeis gegangen war.

»Aber doch recht lustig!«

»Das ist Geschmackssache.« Hofbauers Gedanken waren schon wieder zu Bastian zurückgekehrt. Noch war es Zeit, den Mordfall Kalduweit abzugeben. An den Kriminalhauptmeister Schilcher beispielsweise, einen sehr zuverlässigen Mann. Oder, wenn es denn sein mußte, eben doch an den Kollegen Lichtlein, der allerdings nur sehr bedingt Hofbauers Vertrauen genoß.

Bastian war wichtiger als dieser alte Mann in der Würm. Hofbauer mußte sofort mit seiner geschiedenen Frau sprechen, so unerfreulich das auch war. Er mußte alles klären und Bastian befragen und versuchen, ihn aus dieser beschissenen Situation herauszuboxen. Hofbauer stand auf.

Am Nebentisch hatte ein älteres Ehepaar Platz genommen, weiße Haare, BMW in der Parkbucht. Ein sportlich dünner Rentner erschien auf seinem Fahrrad, man begrüßte sich mit launigem Händedruck und freundschaftlichen Küssen. Der Rentner befahl eine große Tasse Kakao und einen »ganz normalen Kaffee«, den er dann, wie er betonte, in einer noch größeren Tasse mit dem Kakao zusammengießen und so »und nur so«, genießen wolle.

»Machma«, rief Paolo ungerührt.

Anita begann von der Alterspyramide zu sprechen, die im gesegneten Würmtal, mit extrem dünner Spitze auf dem Kopf stehend, eine wesentlich breitere Basis als sonst irgendwo zu haben schien. Gleichsam als Kontrapunkt zu ihren Ausführungen segelte eine Horde Zehnjähriger auf Skateboards daher und umzingelte lärmend die Gelati-Vitrine.

»Drei Kugeln Erdbeer!«

»Eine Kugel Zitrone, eine mit Vanille, eine Maracuja, zwei Tiramisu!«

»Fünfmal Schoko mit Sahne!«

»Sahne!« knurrte Hofbauer. »Schlagrahm heißt das!« Er beugte sich zu einem der Jungen hinunter. »Weißt du, was das ist, Schlagrahm?«

»Keine Ahnung!« Der Junge lachte, seine Freunde stimmten johlend mit ein. Sie sprangen auf ihre Skateboards, und schleifend und schlurrend zogen sie ihre Bahnen auf der menschenleeren Straße, setzten sich dann, immer noch feixend, ein paar Meter neben der Eisdiele auf ihre fahrbaren Untersätze.

Hofbauer zog ein finsteres Gesicht. »Du gehst würmaufwärts und versuchst rauszufinden, ob irgend jemand irgendwas gesehen hat«, wandte er sich an Anita. »Einen Streit oder gar einen Kampf. Alles ist wichtig.«

»Natürlich!«

»Schau dir die Brücken an!«

»Die Brücken?«

»Und geh in die Gasthäuser, verstanden?« Seine Stimme war so laut geworden, daß die älteren Herrschaften auf ihren Stühlen und die Kids auf ihren Skateboards verwundert zu ihnen herübersahen.

Anitas Augen wurden grün. »Ich bin nicht taub, Chef«, sagte sie mit einiger Selbstbeherrschung.

Hofbauer knirschte mit den Zähnen. »Weiß ich.« Es war zwischen den zusammengepreßten Lippen kaum zu hören. »Aber trotzdem muß ich dich bitten zu tun, was ich sage.«

»Selbstverständlich! Dienst ist Dienst!«

Paolo kam heraus, betrachtete sie und wischte unsichtbaren Dreck von den kleinen Tischen.

Anita sagte: »Sie haben sich also nun doch entschlossen, die Sache Kalduweit nicht abzugeben, Chef?«

»Wie?« Hofbauers Erstaunen war groß. »Wie kommst du denn auf sowas?«

»Ich dachte nur, Entschuldigung, ich habe ein wenig befürchtet, wegen Ihrem Sohn, die Autoreifen ...« Anita hielt erschrocken inne.

Hofbauer wußte genau, er hatte kein einziges Wort von seinen Zweifeln und seinen Überlegungen erwähnt, er war sich hundertprozentig sicher. Aber dieses Wesen da vor ihm kannte ihn besser, als er glaubte. Sie konnte Gedanken lesen. Er dachte an seine Ex-Frau, der dieses Kunststück niemals gelungen war.

Was wußte er von Anita? Sie war gut zwanzig Jahre jünger als er, war eine fähige Mitarbeiterin. Zur Zeit war sie mit einem Doktor der Philosophie beschäftigt, einem Mann, der seit Jahren eine komplizierte wissenschaftliche Arbeit zu einem löblichen Ende zu bringen versuchte.

Mit gerunzelter Stirn stellte Hofbauer fest, daß sich seine Gedanken, Anita betreffend, in eine Richtung bewegten, die noch komplizierter zu werden versprach als das unvollendete Geisteswerk ihres derzeitigen Lovers (so nannte man das, wie er in Erfahrung gebracht hatte).

Er goß den Rest seines kaltgewordenen Tees in sich hinein.

Die Rentner am Nebentisch sprachen über Feinstaub und Vogelgrippe, über zu hohe Müllgebühren und intelligente Enkelkinder.

Hofbauer erhob sich. Er würde die Sache Kalduweit keineswegs in fremde Hände geben, ganz im Gegenteil, er würde sich massiv mit ihr beschäftigen. Aber er nahm sich vor, zuallererst zu Bastian zu gehen und seinem Sohn die Leviten zu lesen. Und seiner geschiedenen Frau ebenfalls.

Paolo erschien aufs neue und erinnerte daran, daß die Herrschaften aus München seine Gäste seien, »wie ausgmacht und basta!«

Hofbauer drückte dem freundlichen Mann ein Zwei-Eurostück in die Hand, Anitas Trinkgeld bestand aus einem betörenden Lächeln.

»Fahr mit dem Auto«, sagte Hofbauer, »ich geh zu Fuß. Wir treffen uns«, er sah kurz zur Uhr, »um halb eins im Planegger Bräustüberl. Mach's gut!«

»Ich will's versuchen, Chef!«

»Nimm die Kennkarte mit! Man kann nie wissen!« Er gab ihr den Ausweis aus Kalduweits Brieftasche. Blickte ihr nach, wie sie zum Dienstwagen ging, sehr weiblich und ausgesprochen sexy.

»Hofbauer, reiß dich zamm!« murmelte er.

»Und überall liegt Hundescheiße«, sagte der Rentner mit den kunstvoll frisierten weißen Haaren.

Hofbauer ging die Bahnhofstraße hinauf, durch das Tunnel hindurch, verlangsamte seine Schritte. Hier hatte einmal ein Kiosk gestanden, vor langer Zeit, als es noch das Weiße Rössel gab, jenes sagenumwobene Gasthaus, in dem die Faschingsgesellschaft Würmesia ihre Redouten zelebrierte. Den Kioskbesitzer hatte die Gräfelfinger Jugend (einschließlich eines gewissen Peter Hofbauer) wiederholt zur Weißglut gebracht, indem sie im Winter das Ofenrohr des winzigen Ladens mit Schnee zustopfte. Der Kiosk stand im Nu unter massiver Rauchentwicklung und der Besitzer jedesmal kurz vor dem Nervenzusammenbruch. Es hagelte mündliche und schriftliche Beschwerden in Richtung Gräfelfinger Gymnasium, langwierige Befragungen und schriftliche Verweise.

Das Rössel dagegen diente mit seinen Faschingsfesten nicht nur der Anknüpfung zartester Liebesbande, sondern auch der Durchführung der aus diesen Anknüpfungen entstandenen erotischen Unternehmungen. Denn es gab seinerzeit noch den berüchtigten Kuppelei-Paragraphen, es war also strengstens verboten, Faschingseroberungen mit nach Hause zu nehmen. Was blieb den bedauernswerten Troubadouren also anderes übrig, als ihre Leidenschaften an Ort und Stelle auszutoben?

Das Rössel könnte noch heute eine nicht uninteressante Reihe von Liedern anstimmen, wenn es in den sechziger Jahren des vergangenen Jahrhunderts nicht abgerissen worden wäre.

An seiner Stelle erhebt sich jetzt ein graues Betonungetüm, das als Rathaus seine Dienste tut. Dort, wo einst die Prinzengarde ihre kurzen Röckchen flattern ließ, stehen jetzt Aktendeckel in meterhohen Regalen.

Hofbauer, der beim Vorbeigehen wehmütig an all diese nur scheinbar unwichtigen Zusammenhänge dachte, stapfte der Bahn entlang, Richtung Planegg. Hinter hohen Thujenhecken versteckten sich prachtvolle Villen, von denen einige über hundert Jahre alt waren. Er ging durch den kleinen Tunnel, von dessen Wänden die üblichen haarsträubenden Graffitis grüßten, wanderte hinüber zu den Höhen des Neunerbergerls. Der kleine Hang diente als Ski- und Rodelhügel, war etwa fünfzig Meter hoch und wartete am Ende, kurz bevor er in einen Kartoffelakker mündete, mit einer allseits gefürchteten Bodenwelle auf.

Hofbauer blieb stehen. Er sah sich hier oben in den Boden stampfen, frierend und mit tropfender Nase, und vor ihm hockte Bastian, mit den allerersten Skiern unter den Beinen.

»Fahr los!«

»Ich trau mich nicht!«

»Nun mach schon!«

»Du mußt bis drei zählen!«

»Eins, zwei, drei!«

Bastian rührte sich nicht. Er saß im Schnee, im grellgelben Skianzug, ein Häufchen Elend, das heulend nach Hause zog.

Irgendwann hatte er es dann doch gelernt. Ganz allein, ohne den störenden Papa. Er war dann sogar richtig gut geworden, man hatte den Jungen mitgenommen in diverse Trainingslager, versprach sich eine ganze Menge von ihm. Bis der Junge aus unerforschlichen Gründen keine Lust mehr hatte. »Null Bock«, hieß das bekanntlich.

Wie lange war das jetzt schon her? Und wann hatte Hofbauer begonnen, seinen Sohn zu verlieren?

Er ging auf der kleinen Anhöhe weiter, ein paar Mini-Ballacks jagten auf dem großen Sportplatz hinter einem arg geschundenen Fußball her, fielen sich bei vollbrachtem Torschuß jubelnd in die Arme. Genauso, wie sie es bei den ganz, ganz Großen gesehen hatten.

Noch ein paar hundert Schritte, und Hofbauer war in der Straße angelangt, in der sein Haus stand – sein ehemaliges Haus, korrekt ausgedrückt. Er hatte sich bei seiner Scheidung sehr großzügig gezeigt, hatte das Haus Claudia überlassen. Auch wenn sein Anwalt kaum damit aufhören konnte, die Hände gebührend oft über dem Kopf zusammenzuschlagen über so viel Naivität, wie er es unverblümt nannte.

Hofbauer erwartete von Claudia keinerlei Dankbarkeit. Aber er erwartete ein faires Gespräch über ihren gemeinsamen Sohn. Wobei er Claudia durchaus eine gewisse Schuld zuschreiben mußte. Sie hätte besser auf Bastian aufpassen sollen. Bastian ging bei ihr aus und ein, streckte die Füße unter ihren Tisch, konnte die höhere Schule besuchen. Weil Papa und Mama zahlten, was zu zahlen war.

Hofbauer drückte auf den Klingelknopf. Es würde nicht einfach werden, das ahnte er. Aber er würde hart bleiben und Mutter und Sohn zur Rede stellen. Das war er sich schuldig.

Als altgedienter Kriminaler wußte er, wie Verbrecherlaufbahnen begannen. Scheinbar harmlos, mit kleinen Diebstählen und dämlichen Lumpereien. Mit dem Zerstechen von Autoreifen. Oder mit dem Zustopfen von Ofenrohren harmloser Kioskbesitzer? Darüber mußte er nachdenken.

Vielleicht war alles gar nicht so schlimm. Man zog durch die Straßen, heizte sich gegenseitig auf. Traust du dich? Feigling! Du traust dich ja doch nicht! Jammerlappen! Den Hang runterfahren oder die Reifen zerstechen. Wie groß war da der Unterschied?

Hofbauer klingelte ein zweites Mal.

Die Tür öffnete sich, und in einer piekfeinen Hose und einem strahlend weißen Hemd stand ein Mann vor ihm, den er noch nie gesehen hatte.

»Was wollen Sie?« fragte der Mann.

Anita betrachtete die Würm keineswegs durch die romantische Brille. Die Würm war für sie ein Bach wie jeder andere auch. Er floß aus dem Starnberger See heraus, so viel wußte sie. Und irgendwo mündete er in irgendeinen anderen Fluß.

Sie nahm sich vor, ihren ortskundigen Chef bei nächster Gelegenheit nach dem Namen dieses anderen Flusses zu fragen. Wenn ihr Chef diese Sache mit seinem mißratenen Sohn halbwegs ins Reine gebracht hatte.

Aber in Wirklichkeit war ihr auch das reichlich egal.

Sie mußte an Patrick denken, ihre jüngste Eroberung. Patrick, mit dieser lustigen Frisur und mit dem breiten Brustkorb. Er war ein lieber Kerl, vielleicht manchmal ein bißchen zu bequem, fand sie, aber nur manchmal. Eigentlich sehr, sehr selten.

Aber da war noch etwas. Eine grundsätzliche Frage stand zwischen ihnen. Er wollte nicht, daß sie zusammen ein Kind hatten.

Patrick war 35, drei Jahre älter als Anita. Aber er sagte, er fühle sich noch zu jung, er habe noch nicht die Kraft und die Erfahrung, Verantwortung für sie und ein kleines, schutzloses Wesen zu übernehmen. Er müsse wissenschaftlich tätig sein, müsse sich auf seine Forschungen konzentrieren, es sei besser, wenn sie noch ein paar Jahre warteten. Fünf Jahre. Oder zehn – mindestens, wie er meinte. Und er erzählte irgendwas von wirtschaftlicher Unsicherheit, steigendenden Arbeitslosenzahlen und hohen Münchner Mieten.

Anita ahnte, daß Patricks Argumente mit seiner leidenschaftlichen Bequemlichkeit zu tun hatten. Damit, daß er lieber in der Staatsbibliothek hockte und Bücher wälzte, als seinem Sohn oder seiner Tochter hundertmal hintereinander heruntergefallene Quietschenten aufzuheben.

Vielleicht sollte sie einfach schwanger werden und den überraschten Papa zum Teufel schicken. Aber dann saß sie alleine in der guten Stube und hob alleine die Enten auf. Und durfte Baby und Beruf und Beruf und Baby ganz alleine schultern. Es war nicht einfach, in einer hochmodernen Zeit zu leben!

Sie fuhr am blauen Rathaus vorbei und bog in die Planegger Bahnhofstraße ein, betrachtete verdrossen den sogenannten Ringelsocken, den man quergestreift als stolzen Campanile neben den Flachbau der katholischen Kirche aufgebaut hatte. »Lieber Gott, mach mich fromm, daß ich in den Himmel komm«, murmelte sie.

Dann fiel ihr der ermordete Kalduweit wieder ein. Dieser Mensch hatte es hinter sich, war schon »droben« oder »drüben«, angekommen in der »großen Harmonie«, so hatte sie es einmal irgendwo gelesen.

Alles Quatsch! Kalduweit war tot, schlicht und ergreifend tot. Und sein Mörder lief noch frei durch die Gegend.

Sie parkte den Wagen gegenüber dem Bräustüberl und überquerte die Straße. Sie hatte genügend Zeit, sich ein wenig umzusehen.

Die Kastanienbäume winkten, Männer und Frauen hatten sich zum Frühschoppen versammelt, ein paar Kinder spielten mit einem Riesenschnauzer. Friedlich spiegelte sich die Sonne in den Fensterscheiben.

Es galt, Informationen zu sammeln und nach brauchbaren Hinweisen zu forschen. Hier, in der beschaulichen Ruhe eines Sonntagmorgens.

Ganz vorne, ein wenig abseits von den vormittäglichen Gästen, saß Truxeis, der so heftig für Flußregenpfeifer schwärmte, und der die ganze Nacht in seinem Bett verbracht hatte. Aufmerksam betrachtete er die Planegger Bahnhofstraße durch das Fernrohr. Als er mit seiner Beobachtung fertig war, begrüßte er Anita mit einem überraschten Blick aus seinen wäßrigen Augen.

»Aha«, rief er und klappte das Ungetüm von Fernrohr zusammen, »man sieht sich immer zweimal im Leben. Übrigens«, er verbeugte sich leicht, »mein Blick auf die Bahnhofsuhr hat ergeben: Es ist genau 11.36 Uhr.«

»Was Sie nicht sagen.« Anita ging an ihm vorbei, setzte sich an einen freien Tisch und stellte mißmutig fest, daß sie sich innerhalb kürzester Zeit schon wieder irgend etwas bestellen mußte. Sie hätte besser ein paar tausend Meter joggen sollen, statt mit dem Auto von Versuchung zu Versuchung zu gondeln.

Die Bedienung kam, Anita orderte ein Glas Mineralwasser, was das junge Mädchen klaglos notierte. Der Wirt schlenderte von Gast zu Gast, zwirbelte seinen Schnurrbart. Anita bat ihn, sich zu ihr zu setzen.

»Ist was nicht in Ordnung?«

»Nein, nein.« Sie präsentierte ihren Ausweis. »Ich muß Ihnen nur ein paar Fragen stellen.«

»Ach ja?«

»Kennen Sie diesen Mann?« Sie legte die Kennkarte Kalduweits auf den Tisch. Mit einer Mischung aus Mißtrauen und Neugierde musterte ihr Gegenüber das Foto. Schüttelte dann den Kopf. »Bedaure! Es kommen zwar eine Menge älterer

Herrschaften zu uns, aber dieser Mann hier ist nicht dabei.« Er sah kurz hinüber zum Nebentisch, an dem gerade mit Bravour ein volles Weißbierglas umgestoßen wurde. »Sie entschuldigen, aber ich muß da mal ...« Hastig eilte er in die Gaststube, um Hilfe zu organisieren.

Anita nippte an ihrem Mineralwasser. Er wollte nicht mal wissen, was mit Kalduweit passiert ist, grübelte sie. Warum ich ihn nach dem Alten frage. Seine Gäste sind ihm wichtiger. Na gut, kann ich verstehen. Sie sah zu, wie das kleine Chaos mit viel Gelächter behoben wurde.

Wieso sitze ich ausgerechnet hier? Anita zog die Sonnenbrille aus ihrer Jackentasche.

Wenn man Kalduweit gewürgt und ins Wasser gestoßen hatte, dann konnte das überall geschehen sein, in Krailling, in Gauting, irgendwo entlang der Würm, es gab da tausend Möglichkeiten. Vorausgesetzt, der alte Herr trieb sich nachts ganz alleine in der Gegend herum.

Sie setzte sich die Sonnenbrille auf. »Um sich mit seinem Mörder zu treffen«, murmelte sie.

Plötzlich tippte ihr jemand auf die Schulter. Sie schreckte hoch. Truxeis stand hinter ihr, musterte sie aus wäßrigen Augen. »Kann ich Sie mal ein Momentchen stören?« fragte er.

Hofbauer betrachtete den Mann vor ihm derart feindselig, daß der bestürzt zurückwich, »moment mal« murmelte und im Inneren des Hauses verschwand.

Der Kommissar ging ein paar Schritte hinterher, rein gewohnheitsmäßig, stapfte bis zur Tür und traute sich plötzlich nicht mehr weiter. Er spürte, wie sein Magen wieder zu rebellieren begann, er bekam wieder diesen unangenehmen Geschmack im Mund, wie er so dastand und sich ausmalte, was jetzt gleich geschehen würde.

Seine Frau würde auftauchen, zusammen mit ihrem neuen Liebhaber, denn das war er ja wohl, ohne Zweifel, und dann würden die beiden ihn hinauskomplimentieren. Oder sie ließen ihn einfach warten, das war auch eine Lösung.

Ganz früher hatte die Familie mal einen Hund gehabt, einen echten Bierdackel. Wenn wenigstens der jetzt gekommen wäre, damit er sich ein wenig mit ihm hätte unterhalten können. Aber der Dackel war schon lange tot, war außerdem mit zunehmendem Alter immer fauler geworden. Hofbauer hockte sich auf die Stufe, die zum Hauseingang führte, und kam sich von Minute zu Minute dämlicher vor.

»Guten Morgen! Komm rein!« Seine Frau stand hinter ihm. Er erhob sich, sie sahen sich kurz an, aber keiner von ihnen versuchte auch nur ein ganz kleines Lächeln. Es gab keinen Händedruck, nichts.

Claudia ging voraus, er stolperte hinterdrein und ließ die Haustür offen, was er sonst nie getan hatte. Aber es war nicht mehr sein Haus, obwohl sich noch immer dieser blöde Gartenzwerg neben der Garderobe auf seine Schaufel lehnte und vor sich hinglotzte. Und in der Ecke über der Küche hauste noch immer dieselbe Spinne, ungeniert und ungestört.

»Das ist Janick«, sagte Claudia, als sie endlich im Wohnzimmer angekommen waren, und deutete auf den Mann mit der Bügelfalte.

Das Wohnzimmer hatten sie neu eingerichtet, bei »Exklusiv wohnen« oder sonst einem teuren Geschäft, wie Hofbauer stirnrunzelnd feststellte. Ein Designerstuhl, der überhaupt nicht zu den übrigen Möbeln paßte, stand protzig vor dem Tisch, den er und Claudia vor ewigen Zeiten erstanden hatten. Auch der Fernsehapparat war neu, einer dieser übergroßen, hauchdünnen Rechtecke, aus denen die Tagesschausprecher so unverschämt hervorsprangen, daß man sich vor ihnen fürchten mußte.

»Tja«, sagte die Bügelfalte. »Wollen Sie, äh, was trinken?«

Hofbauer nickte. »Ein Glas Saft wäre nicht schlecht.« Mit einem Anflug von Boshaftigkeit wartete er darauf, wer in die Küche gehen würde, um das Gewünschte zu holen. Claudia? Die Bügelfalte?

Die beiden sahen sich kurz an, dann eilte Claudia aus dem Zimmer. Der Mann im weißen Hemd wippte zufrieden auf seinen Zehenspitzen auf und ab. »Tja«, machte er ein zweites Mal.

Hofbauer scherte sich den Teufel darum, auch nur den Hauch eines Gesprächs anzufangen. Er starrte in den kleinen Gartenstreifen vor ihm, stellte fest, daß der Rasen tiptop gemäht war, und daß zwischen den Steinplatten vor der Gartentür kein einziges Hälmchen in Richtung Sonnenlicht sproß. Er überlegte, ob er diesen Menschen vor ihm auf die Spinne aufmerksam machen sollte, die dieser bis jetzt sträflicherweise übersehen hatte. Aber dann schluckte er seine Bemerkungen hinunter.

Claudia kehrte zurück, mit ein paar Gläsern auf dem Tablett, einer Flasche Wasser und einer kleinen Karaffe des gewünschten Apfelsafts, der aussah wie eine Urinprobe aus dem Arztlabor. Sie stellte das Tablett auf den Tisch, schenkte ein. Die Bügelfalte wippte.

»Kann ich meine Frau einen Augenblick alleine sprechen?«

»Ihre ehemalige Frau!«

»Natürlich.«

Janick erklärte, Claudia und er hätten keine Geheimnisse voreinander.

»Wie schön für Sie«, sagte Hofbauer ironisch. Gluckernd schüttete er ein wenig Saft in sein Glas, ließ es aber unberührt stehen. Da packte Claudia ihren Liebhaber energisch (fast zu energisch, wie Hofbauer staunend feststellte) an der Hand und zog ihn nach draußen, Richtung Gartenbank. Sie kehrte zurück, ein wenig atemlos, und setzte sich auf die vorderste Kante des Designerstuhls. »Was gibt's?« fragte sie.

Hofbauer nahm durstig sein Glas, trank es langsam aus, und für ein paar flüchtige Sekunden war dieses vertraute Gefühl wieder da, das zwischen ihm und Claudia früher einmal existiert hatte. Er stellte das Glas mit einem kaum hörbaren Klikken auf das Tablett. Das Gefühl war verschwunden.

»Es ist wegen Bastian«, erklärte Hofbauer. »Der Bursche hat heute nacht einen ziemlichen Blödsinn veranstaltet. Ich bin eigentlich wegen einer anderen Sache hier beschäftigt.« Hofbauer spürte, daß er zu viel von dem Saft in sich hineingeschüttet hatte. »Da haben mir die Polizisten hier, Lederer und Zinner, keine Ahnung, ob du sie kennst ... Sie haben mir jedenfalls erzählt ...« Er machte eine kurze Pause, dann bellte er: »Bastian hat Autoreifen zerstochen! Ganze fünf Stück!«

Unvermittelt schlug er sich mit der flachen Hand gegen die Stirn. »Aber du weißt das ja alles! Du hast ihn ja von der Polizeistation abgeholt!«

»Natürlich«.

»Und was sagst du dazu?«

»Nichts!«

»Nichts?«

»Es ist dein Sohn!« Sie wirkte auf einmal so abweisend, wie Hofbauer sie noch nie gesehen hatte. Was hatte dieser Mann da draußen aus seiner Frau gemacht? Hatte er sie total umgedreht?

»Hör mal, Claudia, es ist ... ich verstehe dich nicht, Bastian ist *unser* Sohn – dein Sohn und mein Sohn.« Er schwieg verwirrt, starrte sie ungläubig an. »Wo ist er?«

»Im Haus.«

»Hier?«

»Keineswegs.«

»Wo denn dann?«

Claudia strich ihr Kleid glatt, erhob sich, und mit einem kurzen, entschlossenen Blick auf Hofbauer erklärte sie: »Ich habe es aufgegeben, hinter Bastian herzulaufen. Er ist für sich selbst verantwortlich. Es ist sein Leben, nicht meins!«

»Aber du trägst die Verantwortung!«

»Du etwa nicht?«

Darauf wußte er keine Antwort. Hilflos stand er in dem Wohnzimmer, wurde sich zögernd klar darüber, daß sich Bastian ja entschieden hatte, bei seiner Mutter zu bleiben und nicht bei ihm. Hofbauer war fair genug zu erkennen, wie falsch es gewesen war, die Verantwortung einfach von sich wegzuschieben.

Die Bügelfalte erschien, platzte einfach herein, ohne anzuklopfen. »Dauert es noch lange?«

Hofbauer gab keine Antwort. Sie standen da und warteten auf irgendein Ereignis, das ihnen weiterhelfen würde.

»Wo ist Bastian?« wiederholte Hofbauer seine Frage.

»Bei seinen Leuten.«

Sie sagte nicht »Freunde«, er hätte dies registrieren müssen. Aber er stand wieder einmal neben sich, seine Antennen waren wie blockiert. »Wo genau?«

»Am Gräfelfinger Bahnhof. Gegenüber dem Kino.«

»Die Adresse?«

»Die Nummer weiß ich nicht. Es ist ein Haus, ›ihr‹ Haus, wie sie es nennen. Es wird allerdings bald abgerissen.«

»Was treibt er da?«

Claudia machte eine unwillige Handbewegung. »Ist das ein Verhör?« erkundigte sie sich mißtrauisch.

Diese Frage rief die Bügelfalte auf den Plan. »Ich glaube«, sagte Janick, »es ist besser, Sie verschwinden jetzt. Wir haben zu tun.«

»So ein Pech!« Das Absurde der Situation, in der sich Hofbauer befand, rief seinen ganzen Sarkasmus auf den Plan. Er hatte genug von diesem Theater. Er verbeugte sich spöttisch, erst vor Claudia, dann vor ihrem Liebhaber, dann wandte er sich zur Tür.

»Bemühen Sie sich nicht«, sagte er, »ich kenne mich aus.« Er drehte sich noch einmal um. »Übrigens, Herr Janick«, seine Stimme war voller Verachtung, »Sie haben die Spinne übersehen, die über der Küchentür hockt. Meine Frau wird sie Ihnen sicher gerne zeigen!«

Knallend schlug er die Haustür hinter sich zu. Fühlte sich für ein paar Sekunden richtig wohl. Aber nur für ein paar Sekunden. Er hockte sich zum zweiten Mal auf die Stufe, auf einmal tieftraurig. Die Fehler, die er gemacht hatte, konnte er nicht benennen. Sie lagen versteckt, irgendwo in einem unsichtbaren Winkel, verborgen unter dem Wust seines dämlichen Berufs, seiner Blindheit, seiner Dickfelligkeit.

Wie gingen diese wunderbaren Verse von Erich Kästner? Er hatte sie in einer Gedichtsammlung entdeckt, und sie waren heute noch so aktuell wie damals. Er hob ein paar Kieselsteine auf und warf sie in die Thujenhecke. Eine Amsel schreckte hoch, flatterte tiefschwarz davon.

Als sie einander acht Jahre kannten, und man darf sagen, sie kannten sich gut – er stand auf, ging langsam durch das kleine Gartentor – *kam ihre Liebe plötzlich abhanden wie anderen Leuten ein Stock oder Hut.*

So war es. Ihre Liebe zueinander war abhanden gekommen, von den Wellen der Würm hinweggespült. Hofbauer drehte sich um und ging schnellen Schrittes, fing beinahe an zu laufen, in Richtung Gräfelfinger Bahnhof.

Der Ornithologe setzte sich Anita gegenüber, legte sein Fernrohr auf den Tisch. »Man kann die Bahnhofsuhr gar nicht sehen«, erklärte Truxeis. »War alles nur Schwindel, das mit der genauen Uhrzeit, Sie erinnern sich?«

»Klar!«

»Ich könnte auch hier auf die Kirchturmuhr gucken«, Truxeis deutete nach hinten, »habe aber keine Lust dazu.«

»Ach nee!«

Der Mensch mit den Wickelgamaschen nahm seinen Spazierstock, zog einen Stuhl zu sich heran und legte das rechte Bein darauf. Während er sein Knie zu massieren begann, sagte er: »Tut gut! Meine Flossen werden langsam alt, müssen Sie wissen. Nur ich nicht, ich bleibe ewig jung!« Zufrieden setzte er seine Behandlung fort. »Wir haben uns schon einmal gesehen, stimmt's?« Truxeis begann, seine Gamaschen abzuwikkeln, stopfte sie nach getaner Arbeit in die Taschen seiner Regenjacke. »Aber ich kann mich an Ihren Namen nicht mehr erinnern. Ich habe da zuweilen Schwierigkeiten, das ist ganz normal, die Geriatrie hat sich eingehend damit befaßt und hat herausgefunden ...« Er beugte sich zu Anita hinüber. »In diesem Zusammenhang: Ich bin Ornithologe, ein Mann, der Vogerl beobachtet, eine sehr interessante Beschäftigung.« Er fuhr fort, seine Waden zu kneten.

»Ich heiße Mauermann«, sagte Anita belustigt.

»Aber ich bin kein ›Twitcher‹, wie wir Fachleute es nennen«, Truxeis blieb unbeeindruckt, »nicht daß Sie meinen, ich sei einer von diesen sogenannten Kollegen, die es nur darauf anlegen, in kürzester Zeit möglichst viele verschiedenen Arten aufzuspüren, möglichst viele Spezies, um sie zu sammeln wie Briefmarken. Nicht die Bohne, meine Forschung gilt dem Flußregenpfeifer, ihm ganz allein!«

»Sie sind ein Stalker«, lachte Anita, »einer, der es auf unsere gefiederten Freunde abgesehen hat und sie so lange verfolgt, bis sie entnervt wegfliegen, um nie mehr zurückzukehren.«

Truxeis bestellte ein kleines Bier, dann fing er an, eine der Semmeln zu kauen, die vor ihm in einem Körbchen lagen. »Ich weiß nicht, wovon Sie sprechen«, sagte er. »Ich bin kein Kriminaler, Gott sei Dank!« Er beendete seine Massage, stellte beide Beine wieder fein säuberlich nebeneinander. Als das Bier kam, blies er den Schaum ein wenig zur Seite, begnügte sich mit einer kleinen Kostprobe. »Schreib's auf die schwarze Tafel!« rief er der Bedienung zu.

Anita nahm Kalduweits Kennkarte, erhob sich und reichte sie am Nachbartisch herum. Der Ornithologe sah ihr aufmerksam zu.

Die Leute betrachteten die Karte kaum. Sie schoben sie fast unwillig zur Seite. »Keine Ahnung, unbekannt, laß uns doch in Ruh!«

Auch bei den anderen Gästen hatte Anita keinerlei Erfolg. In der Gaststube selbst war niemand. Sie fragte die Bedienungen, erkundigte sich beim Wirt, ohne Ergebnis.

An ihren Platz zurückgekehrt, trank sie den Rest ihres inzwischen warmgewordenen Mineralwassers aus, legte ein paar Münzen neben das Glas.

»Sie suchen einen Mann namens Kalduweit?« Ihr seltsamer Freund hüstelte in sein Bier.

»Woher wissen Sie das?«

»Erkundigen Sie sich doch mal oben, beim Alten Wirt in Krailling!«

»Und warum?«

»Dort treffen sich die Kartenspieler. Schafkopf oder Skat. Es soll sogar einen Bridge-Club geben.«

»Bemerkenswert!«

»Oder unten, im Pe-Es.« Er senkte seine Stimme. »Wenn Sie mir einen Wurstsalat zahlen, könnte es sein, daß ich ein paar nicht ganz unwichtige Informationen für Sie habe.«

»Über den Flußregenpfeifer?«

Er schien Anitas Häme überhaupt nicht zu bemerken. »Kalduweit war ein superber Billardspieler. Beim Alten Wirt gibt es drei gepflegte Tische. Pool-Billard, wenn Sie schon mal was davon gehört haben.«

»Und?«

»Kalduweit war dort Stammgast.«

Anita sprang auf, zog ihren Stuhl hinter sich her und setzte sich Truxeis direkt gegenüber. Ihre Knie berührten sich um ein Haar, was den Ornithologen dazu veranlaßte, erschrocken zurückzurutschen.

»Jetzt hören Sie mal gut zu, Sie Twitcher oder Stalker, was immer Sie auch sind!« Anitas Zorn wuchs sekundenschnell. »In der Eisdiele haben Sie gesagt, Sie hätten keine Ahnung. Hätten den Alten noch nie gesehen. Und jetzt auf einmal erzählen Sie mir was von Stammgast und Billard, finden Sie das nicht ein ganz klein wenig komisch?«

»Sie könnten mir auch eine halbe Ente spendieren, mit Blaukraut und Apfelmus.« Truxeis faltete erwartungsvoll die Hände über seinem Stock. Er nahm die Speisekarte und begann zu lesen, wobei er leise die Worte vor sich hinsprach. Man konnte spüren, wie er sich innerlich freute.

Anita betrachtete ihn stumm. War dieser Mensch verrückt, oder nahm er sie ganz einfach nur auf die Schippe? Machte auf dämlich, ließ anschreiben, so oft wie möglich, und versuchte sich ein Essen zu ergaunern, wo immer sich die Gelegenheit ergab? Sie ging noch einmal in die Gaststube, wo der Wirt hinter der Theke stand und ein paar Gläser mit Rotwein füllte. Sie begann ein längeres Gespräch, versuchte, ihn ein wenig über Truxeis auszuhorchen. Aber der Wirt sagte, er würde über seine Gäste nichts ausplaudern. Gewiß, der Alte sei manchmal wunderlich, im Grunde aber ein armer Kerl, ganz auf sich gestellt, schmale Rente und so weiter. Das übliche eben. Warum sie das alles wissen wolle?

»Ich finde ihn lustig«, sagte Anita. »Er erinnert mich an meinen Opa, der in Berlin wohnt, der schreibt uns allwöchentlich die exotischsten Briefe!«

Der Wirt stellte die vollen Gläser auf ein Tablett.

»Sie selbst haben also«, Anita versuchte es ein letztes Mal, »diesen Kalduweit noch nie gesehen?«

»Noch nie!«

»Auch wenn Sie ganz genau nachdenken?«

»Auch wenn ich ganz genau nachdenke!«

Sie drückte dem Mann mit dem Schnurrbart einen Geldschein in die Hand, erklärte, sie habe Truxeis eingeladen und schritt unverrichteterdinge wieder nach draußen.

Ihr Freund saß bereits vor seiner knusprigen Ente, hochzufrieden, mit glücklichem Gesicht. Mit einem fast unsichtbaren Lächeln entschloß sie sich, ihren Ärger hinunterzuschlucken. »Guten Appetit!«

Er nickte. »Darf ich Sie zu einem Frühlingssalat einladen?« rief er munter. »Mit Truthahnstreifen im Kräuterdressing?«

Anita wunderte sich über gar nichts mehr. Vorsichtig erinnerte sie den alten Herrn an die Eisdiele, wo er tieftraurig erklärt hatte, keinen einzigen Cent bei sich zu haben.

Seine Antwort verblüffte sie erneut. »Welche Eisdiele?« Truxeis wischte sich über den Mund. »Ich gehe niemals in Eisdielen. Außerdem«, er zog seinen Geldbeutel aus der Tasche, »habe ich noch über zwanzig Mark bei mir!«

»Euro, meinen Sie wohl!«

»Wie?«

Sie gab es auf, setzte sich noch einmal kurz auf den Stuhl an Truxeis' Tisch und fischte nach ihrem Handy, um ihren Chef zu fragen, wie es weitergehen sollte. Aber nur die Mailbox antwortete, was sie ziemlich nervte.

»Dieser tote Mann«, die Stimme des Ornithologen mischte sich in ihre Gedanken, »den man da heute in der Würm gefunden hat, dieser tote Mann«, er rülpste verstohlen, »ist kein unbeschriebenes Blatt.«

»Natürlich nicht.«

»Kein Unschuldsengel.«

»Wenn Sie es sagen ...« Anita verstaute das Handy in der Tasche und verließ den Wirtsgarten. Der quergestreifte Kirchturm erinnerte sie unangenehm an kratzige Wollsocken. Es war kurz vor eins, sie brauchte kein Fernrohr, um dies festzustellen. »Außer Spesen nichts gewesen«, murmelte sie.

Da meldete sich Hofbauer.

Das Haus, von dem Claudia gesprochen hatte, lag eingerahmt zwischen Fahrrädern und Brennesseln. Es lag tatsächlich direkt neben dem Kino. Ein paar Obstbäume, im zarten Grün des beginnenden Frühlings, bemühten sich, den Besucher freundlich zu stimmen.

Die Tür stand offen. Hofbauer ging in den von einer nackten Glühbirne kaum erhellten Flur. Eine Menge Türen führten in irgendwelche Zimmer. Das Ganze sah aus wie ein verlassenes Stundenhotel. Er öffnete die Türen, eine nach der anderen, ohne anzuklopfen. Es war ihm nicht nach Höflichkeit zumute.

Die Zimmer waren leer. In einigen von ihnen lagen ein paar Decken auf dem Boden, zerknüllte Klamotten, Speisereste. Man hatte tagelang nicht gelüftet.

Mit zunehmender Besorgnis stieg Hofbauer die Treppe hinauf. Er begann mit dem Raum ganz links. Dort lagen zwei Gestalten in der hinteren Ecke, eingehüllt in ein paar Mäntel. Es waren ein Junge und ein Mädchen, schlafend, etwa 15 Jahre alt. Hofbauer kannte sie nicht. Leise fluchend betrachtete er das scheinbar friedliche Bild. Der süßliche Geruch, der ihm in die Nase stieg, versetzte ihm einen weiteren Stoß hoffnungsloser Verzweiflung, auch wenn er sich noch so dagegen wehrte. Er berührte den Jungen an der Schulter, schüttelte ihn, aber der Bursche rührte sich nicht.

»Hast du Bastian gesehen?« brüllte Hofbauer. »Bist du mit ihm heute nacht unterwegs gewesen?«

Der Junge hob den Kopf ein paar Zentimeter in die Höhe, versuchte sich zu konzentrieren, gab es dann aber auf. »Hau ab, Alter!« Sein Kopf sank wieder nach unten.

»Bastian! Ich suche Bastian Hofbauer!« Der Kommissar ließ nicht locker. »Sag mir, wo er sich rumtreibt, dann kannst du weiterpennen!«

»Komm morgen wieder!«

Hofbauer trat gegen die Mäntel, ungefähr in die Richtung, in der er den Hintern des Knaben vermutete.

Der Junge schnellte hoch, griff nach der getroffenen Stelle. »Du spinnst wohl, Alter! Laß mich in Ruhe! Verpiß dich, sag ich dir!«

Seine Partnerin öffnete ihre Augen, man sah ihr an, daß sie nicht so ganz bei der Sache war.

»Ich bin von der Kripo München. Und ich suche meinen Sohn, dringend, verdammt nochmal!« Schon bei den ersten Worten ärgerte er sich. Die beiden Früchtchen würden nun überhaupt nicht mehr mit ihm reden. Sie würden ihre Sachen zusammenraffen und verschwinden. Schließlich war es kein Pappenstiel, völlig zugekifft von einem Beamten der Kripo aufgegabelt zu werden. Aber er täuschte sich. Ungerührt sanken die beiden wieder in ihre Kissen zurück. Sie schlossen die Augen mit einem dämlichen Gesichtsausdruck.

Hofbauer knurrte: »Das war's dann wohl!« Machtlos stand er in dem Zimmer. Er ging zum Fenster, riß es sperrangelweit auf. Die beiden grummelten erbost in ihre Mäntel. Als er schon zur Tür gehen wollte, sagte der Junge unvermutet höflich: »Tut uns leid, Alter, aber wir sind heute ein ganz klein wenig stoned.«

Hofbauer fiel keine passende Antwort ein.

»Ich hab dir ja vorgeschlagen, morgen wiederzukommen. Obwohl«, der Junge strich sich die Haare aus der Stirn, »morgen sitzen wir ja alle wieder in der Schule. Ganz brav und wohlerzogen.« Er schlang den Arm um seine Freundin und küßte sie hingebungsvoll und innig.

»Laßt euch nicht stören!« Schon auf dem Weg nach draußen, blieb Hofbauer noch einmal stehen. Viel zu laut und viel zu wütend erkundigte er sich nach dem Namen des Pärchens.

»Unsere Namen?« rief der Junge. »Die hab ich vergessen!« Weiter war nichts mehr aus ihnen herauszukitzeln. Als sie begannen, sich gegenseitig ihre Hosen und ihre Pullis auszuziehen, floh Hofbauer entsetzt. Er stürmte zur nächsten Tür, riß sie auf. »Bastian! Hörst du mich?« Niemand antwortete.

Auch in den übrigen Räumen hatte er kein Glück. Ein paar Stühle, ein paar Tische, die üblichen Decken, auf denen zerknüllte Klamotten lagen, das war alles. Ganz hinten, in der letzten Kammer, entdeckte er ein bunte Gesellschaft, die auf dem Boden hockte, friedlich und sanft. Einer klimperte auf einer Gitarre, die anderen sahen ihm zu. Sie nahmen kaum Notiz von ihm. Ein paar von ihnen rauchten, zum Glück keine Joints, wie Hofbauer erleichtert feststellte. Er musterte sie genau, jeden einzelnen, aber auch hier war von seinem Sohn nichts zu sehen.

Sollte er froh sein oder nicht? Er fingerte den Zettel Lederers aus der Tasche, las die Namen vor, laut und vernehmlich. Aber sie sahen ihn nur an. Dann begannen sie, ein Lied zu summen, begleitet von den Akkorden der Gitarre. Hofbauer starrte auf die Kinder vor ihm, die gar keine Kinder mehr waren. Sie kamen ihm so fremd vor wie Inuits auf ihren Eisschollen. Die Jungs trugen fast alle die Frisuren, die man zur Zeit tragen mußte: die Haare zwei Zentimeter über der Schädeldecke abrasiert, vorne etwas länger, gebündelt und mit Gel hoch in die Luft gebürstet. Die Mädchen steckten in den üblichen Jeans und in nabelfreien Shirts. Der Pferdeschwanz war obligatorisch.

Er begann zu grübeln. Was machten sie? Fühlten sie sich wohl in ihrem selbstgewählten Ghetto? Und warum war Bastian nicht bei ihnen?

Plötzlich hörte die Gitarre auf zu spielen. Wie auf Kommando sprangen die Jungen und Mädchen in die Höhe, griffen sich ihre Habseligkeiten und stürmten, ohne ihn weiterhin zur Kenntnis zu nehmen, nach draußen. Er hörte sie die Treppe hinunterpoltern. Dann war er allein.

Er ließ ein paar Minuten verstreichen, nahm sein Handy, wählte die bekannte Nummer. Wartete.

Die Bügelfalte meldete sich mit einem forschen »Hallo«.

Hofbauer biß sich auf die Unterlippe. »Kann ich meine Frau sprechen?« fragte er.

»Ihre ehemalige Frau!«

»Wenn Sie meinen!« Es war das übliche Spielchen.

Er vernahm eine Weile gar nichts, dann war Claudia am Apparat.

»Wo ist Bastian?« wiederholte er nun schon zum fünften oder sechsten Mal.

Claudia ließ sich nicht aus der Ruhe bringen. »Im Haus am Bahnhof, das habe ich dir doch gesagt.«

»Da ist er nicht!«

Sie schien zu überlegen. Die Bügelfalte quatschte irgend etwas dazwischen, der CD-Player spülte ein paar Takte klassischer Musik an sein Ohr, dann war Claudia wieder da. »Vielleicht ist er bei seiner neuen Flamme.«

Er täuschte sich nicht, aber in Claudias Stimme lag ein guter Schuß mütterlichen Stolzes. Sie sagte: »Ich bin froh, daß er jetzt endlich eine feste Bindung eingegangen ist. Susis alter Herr ist sehr freundlich zu ihm, er ist so eine Art Vaterersatz, wenn du verstehst, was ich meine.«

Ohne einen Gruß und fast automatisch drückte Hofbauer auf den Knopf, der das Gespräch beendete.

Er fuhr mit dem Bus zum Bräustüberl. Anita wartete vor der Gaststätte, mit einem zur momentanen Lage durchaus passenden Gesicht. Sie berichtete von ihren ergebnislosen Versuchen, ein wenig mehr über Siegmund Kalduweit herauszufinden. Den seltsamen Herrn Truxeis erwähnte sie nur nebenbei. »Scheint ein erfolgreicher Tag zu werden, Chef«, beschloß sie ihren Vortrag.

Hofbauer nickte abwesend. Er sagte: »Ich muß ein paar Schritte laufen, unbedingt. Ich glaube, ich hab mir's verdient.« Ohne nähere Erklärungen überquerte er die Straße mit großen Schritten, marschierte am Campanile vorbei. Anita ging hinterher. Sie kannte Hofbauer zu gut, um nicht zu wissen, daß jegliche Fragen im Augenblick zwecklos waren.

Nach ein paar hundert Metern wanderte sie über den Zebrastreifen zum Planegger Marktplatz. Dort hing ein Maibaum schräg in der Luft, Mannsbilder in stilechter Tracht hatten sich neben dem Baum postiert und stützten ihn mit knorrigen Stangen. Planeggs Bürgerinnen und Bürger beobachteten gespannt das nicht ungefährliche Unternehmen, den langen Lulatsch in senkrechte Position zu bringen. Der Bürgermeister, ein sympathisch wirkender Mittsechziger, hatte an einem Biertisch Platz genommen, umringt von Gemeinderäten beiderlei Geschlechts, von Sanitätern, Feuerwehrleuten und den übrigen VIPs des stolzen Ortes.

»Er is ja ganz brauchbar«, sagte eine Frau mit Sonntagsdauerwelle und deutete auf das Gemeindeoberhaupt, »aber leider is er in der SPD!«

»Wieso leider?« Der jugendlich wirkende Mann, der neben ihr stand, unterbrach sein intensives Gespräch mit einem Journalisten. Empört fuhr er sich durch seine schon leicht angegrauten Haare. »Ich als Rechtsanwalt kann Ihnen da nur erklären ...« Der Rest war nicht mehr zu hören, denn die Blaskapelle begann, den Bayrischen Defiliermarsch zu spielen.

»Daß es sowas noch gibt!« Anitas Augen sprühten vor Vergnügen. Als einer der Lederhosenträger ihr zuprostete, fing ihr moralisches Gleichgewicht langsam an, sich wieder einzupendeln.

Hofbauers Stimmung war unbeeindruckt mies. Die Musik war ihm zu laut und der Himmel zu blau. Außerdem gingen ihm die Menschen um ihn herum gehörig auf die Nerven.

Von Kalduweits gewaltsamem Ende hatte der Planegger Marktplatz offensichtlich noch nichts mitbekommen. Was kümmerte ihn schon ein toter alter Mann in der Würm? Die Leute feierten den 1. Mai und den Einzug des Frühlings: Herzlich willkommen! Außerdem waren sie froh, die Freinacht leidlich überstanden zu haben. Deren Spuren waren auch an dem etwas abseits stehenden Valentin-Denkmal zu erkennen. Bunte Papiere und große, weiße Zettel, mit Originalsprüchen des Komikers beschriftet, flatterten im Mailüfterl vor sich hin.

Als der letzte Ton der Blasmusik über die Häuser hinweggezogen war, gab der befehlshabende Trachtler eine im Ton zwar durchaus gemütliche, aber ansonsten kaum mißzuverstehende Anweisung. Man spuckte in die Hände, und mit dem hierzu unerläßlichen »Hau ruck!« wurde das schlanke Ende des signifikanten Zeichens bayrischen Brauchtums ein paar Zentimeter in die Höhe gelupft, der Stamm ein Stückchen tiefer in seine Verankerung geschoben.

Genußvoll tranken die Männer einen weiteren Schluck Bier, zufrieden kommentierten die Zuschauer die getane Arbeit.

Hofbauer hatte von der drangvollen Enge plötzlich genug. Es gelang ihm, wenn auch mit einigen Schwierigkeiten, seine Mitarbeiterin von den Blicken des Trachtlers loszueisen. Mürrisch erinnerte er sie an die Tatsache, daß sie einen Mord aufzuklären hätten. »Wir fahren nach Krailling«, sagte er trocken. »Kalduweits Frau hat ein Recht darauf, die Wahrheit zu erfahren.«

»Wobei die Wahrheit ein durchaus subjektive Angelegenheit ist«, erwiderte Anita.

Der Kommissar zog es vor, keine Antwort zu geben.

Kalduweits Frau war gute zwanzig Jahre jünger als ihr Mann. Sie war noch gut in Schuß, wie man das wohl nennen konnte.

Sie standen im Wohnzimmer des Hauses Am Waldrand 14, Krailling. Hofbauer hatte die Hiobsbotschaft so schonend wie möglich übermittelt, hatte seine aufrichtige Anteilnahme ausgedrückt. War aber dann verstummt, weil die Reaktion, die er erwartet hatte, ausgeblieben war. Keine Tränen, kein Schock, kein Zusammenbruch. Kalduweits Frau wirkte kalt wie Erdbeereis.

Emmy Kalduweit, gepflegt, ein wenig mollig, rotgefärbtes Haar, in einen schwarzen Hosenanzug gekleidet, schien sich von echten Gefühlen für ihren Mann längst verabschiedet zu haben. Als sie kurz nach draußen eilte, »um ein Taschentuch zu holen«, flüsterte Hofbauer irritiert: »Das verstehe ich nicht. Kannst du mir das mal erklären?«

Auch Anita war ratlos. »Vielleicht flennt sie draußen?« versuchte sie zu vermitteln.

»Mal sehen.«

Frau Kalduweit erschien wieder, ohne Taschentuch, mit trockenen Augen und einer brennenden, filterlosen Zigarette in der Hand. »Sie wundern sich, daß ich keine Szene mache?« Sie zog an der Zigarette. »Wenn man über dreißig Jahre lang verheiratet ist«, ein erneuter, gleichmütiger Zug, »dann liebt man sich nicht mehr.« Sie ließ ihren letzten Satz durch das Zimmer schweben, wo er sich mit dem Rauch ihrer Zigarette vermischte und durch das offene Fenster ins Freie flog.

Hofbauer nagte an seiner Unterlippe.

Er sah sich in dem feudalen Wohnzimmer um, betrachtete den Eichenschrank, in dem sich wertvolle Gläser und andere Antiquitäten stauten. Ein weiterer Schrank war mit Ordnern gefüllt, auf denen mit Filzstift »Deutschland«, »Italien« oder »Dänemark« geschrieben stand. An den Wänden hingen übergroße, gerahmte Fotografien, die Menschen in allen nur erdenklichen Verkleidungen zeigen mochten. Hofbauer hatte keinen einzigen von ihnen jemals gesehen.

Ohne eine Erklärung verschwand Frau Kalduweit, man hörte sie Schränke auf- und zumachen, irgendwo herumhantieren.

Der Kommissar deutete mit einer Kopfbewegung zur Wand neben ihm. »Kennst du diese Leute?« fragte er Anita.

»Nein!«

»Sind die vom Fernsehen oder was?«

»Ausgeschlossen!«

Ihre Gastgeberin kehrte zurück, nicht mehr ganz so locker wie vorher. Ihre Augen waren gerötet, die Schminke in ihrem Gesicht verschmiert. Eine Strähne ihres Haares hatte sich gelöst.

»Wissen Sie, wo Ihr Mann gestern abend hingegangen ist?«

Hofbauers Frage bewirkte nur ein Achselzucken. »Keine Ahnung«, sagte sie.

»Er hat eine goldene Uhr bei sich getragen. Sie wurde ihm geraubt, vom Uhrenkettchen gerissen, höchstwahrscheinlich von seinem Mörder.«

»Mein Mann besitzt mehrere hundert Uhren!« Sie öffnete ein paar Schubladen der Kommode neben dem Fernsehapparat, eine nach der anderen, deutete auf eine Sammlung kostbarer Taschenuhren.

»Das ist ...«, begann Anita, dann wußte sie nicht mehr weiter.

Auch Hofbauer hatte so etwas noch nie gesehen. »Wer von Ihren Freunden und Bekannten wußte denn Bescheid über diesen«, er deutete auf die Kommode, »über diesen Schatz?«

»Alle.«

»Und Ihr Mann hatte keine Angst, daß ihm irgendwann mal was gestohlen wird?«

»Es war ihm egal. ›Man kann sie nicht mitnehmen in die Ewigkeit‹, hat er immer gesagt.«

Hofbauer strich sich über sein unrasiertes Kinn. Er dachte an seine eigene, ziemlich wertlose Zwiebel, die er einmal im Flugzeug gekauft hatte. Und er machte sich seine Gedanken über diesen Siegmund Kalduweit, der vergoldete Taschenuhren hortete, dem es aber egal war, ob sie geklaut wurden oder nicht. Weil er sie nicht ›mitnehmen‹ konnte.

»Wann ist Ihr Mann gestern abend aus dem Haus gegangen?« fragte er.

»Ich weiß es nicht. Ich war unten, im TIK.«

»Wo bitte?«

Die Frau vor ihnen gab keine Antwort. Sie setzte sich auf einen der Stühle, von denen zahlreiche, mit bunten Überzügen geschmückt, herumstanden. Die Uhrensammlung glitzerte traurig im Licht der Nachmittagssonne, die ihre Strahlen durch das große Fenster schickte. Kein einziges Geräusch war zu vernehmen. Der Weg Am Waldrand in Krailling lag in tiefer Ruh.

Unerwartet und mit Urgewalt kamen die erlösenden Tränen. Sie brachen über die Witwe herein wie die Flüsse, deren Dämme in den Sommern der letzten Jahre mit katastrophaler Wirkung weggespült worden waren.

Die beiden Kriminaler standen da und suchten nach tröstenden Worten. Hofbauer kramte in seinen Erinnerungen an ähnliche Situationen, versuchte, ein paar halbwegs brauchbare Sätze zu formulieren. Aber er brachte nichts zustande. Weinende Frauen waren ihm schon immer ein Greuel. Seine Mutter konnte auf Knopfdruck Tränen vergießen, was ihn im Lauf der Jahre zusehends immun dagegen gemacht hatte. Sein Blick wanderte wieder zu den Fotografien an der Wand. Zwei von ihnen zeigten Frau Kalduweit in einem Kostüm aus der Zeit Shakespeares, sehr elegant, mit erhabenem Lächeln. Die anderen Herrschaften waren als Salonlöwen oder als Dandys verkleidet, die Frauen als leichte Mädchen oder Königinnen, oder sie trugen einen anderen dekorativen Firlefanz. Die Leute, mit denen das Ehepaar verkehrte, bestritten offensichtlich einen Großteil ihrer Freizeit auf dem Münchner Fasching. Oder sie vergnügten sich auf Maskenbällen, an Treffpunkten, von denen die Öffentlichkeit nicht das Geringste wußte.

Siegmund allerdings fehlte auf den Fotos, Hofbauer konnte seine hagere Gestalt nirgends entdecken.

»Darf ich Sie noch fragen, gnädige Frau ...« Hofbauer räusperte sich, übersah das erstaunte Gesicht Anitas, begann aufs neue: »Ich möchte Sie fragen, Sie und Ihre Bekannten«, er hatte plötzlich den rettenden Einfall, »spielen, wenn mich nicht alles täuscht, Theater?«

Die Witwe trocknete ihre Tränen, klopfte gegen ihre Wangen, versuchte ein Lächeln, das gar nicht so übel gelang. Sie sagte: »Sie haben es erraten, Herr Kommissar.« Das Taschentuch verschwand in der Jackentasche ihres Hosenanzugs. »Wir sind Theaterleute, alle, durch und durch!«

»Ihr Mann auch?« platzte Anita dazwischen.

»Wie spielen unten«, sie überging Anitas Frage, »in unserem TIK, unserem Theater im Keller.« Der Stolz in ihrer Stimme war unüberhörbar.

»Und was spielen Sie, wenn ich fragen darf?« Anita kam vom Fenster herüber, setzte sich erwartungsvoll halb auf den Tisch. Ihr Gegenüber sah sie strafend an, was Anita jedoch keineswegs störte.

»Wir hatten ›Minna von Barnhelm‹ auf dem Programm, ›Kabale und Liebe‹, aber auch moderne Sachen, Stücke von Max Frisch, Henry Miller, Friedrich Dürrenmatt.« Sie unterbrach ihren Vortrag, erkundigte sich mißtrauisch: »Sie kennen doch Max Frisch, Henry Miller, Friedrich Dürrenmatt?«

»Wie meinen Bettzipfel!« Natürlich waren Hofbauer die genannten Namen gut bekannt, und er wußte von Anita, daß auch sie auf diesem Gebiet recht ›gebildet‹ war. Er tat so, als habe er die hochmütige Art der großen Tragödin vor ihm nicht bemerkt, schritt noch einmal die Reihe der Fotografien ab. Sie waren professionell gemacht, das stand einwandfrei fest.

»In ›Besuch der alten Dame‹ habe ich die Hauptrolle gegeben«, sagte Frau Kalduweit begeistert.

»Ihr Gatte«, Hofbauer blieb vor dem Bild eines männlichen Harlekins stehen, »Ihr verstorbener Gatte hat nicht mitgespielt?«

Die Antwort war ein resolutes »Nein«.

»Und warum nicht?« wollte Anita wissen.

»Er war gräßlich unbegabt.« Frau Kalduweit hatte wieder zu ihrem unbewegten Porzellangesicht zurückgefunden.

»Was war er denn von Beruf?«

»Unser Kellertheater«, ihre Stimme bekam einen unangenehmen Klang, »wissen Sie, daß dies alles meine Arbeit ist? Stücke aussuchen, die Rollen verteilen, Programme schreiben und drucken lassen, Leute einladen! Und Stühle tragen! Ist Ihnen klar, daß Theaterspielen hauptsächlich darin besteht, Stühle herumzuschleppen?« Sie hatte Hofbauers Frage überhört. »Niemand hilft mir, niemand!« Sie überlegte kurz. »Tiffy vielleicht, ja, Tiffy ist ein guter Junge!« Ein Anflug von hauchzarter Röte überzog ihre Wangen. »Auch Gäubelchen ist eine Stütze«, fuhr sie fort. »Wenn er will. Und wenn er nicht wieder seine Herzattacken hat.«

»Noch einmal«, begann Hofbauer geduldig, »was war Ihr Mann von Beruf?«

»Beamter!« Sie hatte sich nun doch entschlossen, direkt zu antworten. »In irgendeinem Ministerium, fragen Sie mich nicht, wo. Er hat mir ja nie etwas erzählt.« Sie stand auf und ging zu der Kommode hinüber. »Statt dessen hat er Uhren gesammelt.« Sie klopfte gegen die oberste Schublade, deutete mit dem Finger auf die Alben im Eichenschrank. »Und Postkarten! Postkarten aus der ganzen Welt!« Sie schien es auch jetzt noch nicht fassen zu können. »Dabei sind wir niemals auch nur einen Schritt über dieses eklige Krailling hinausgekommen! Weil Siegmund angeblich Flugangst hatte und in fremden Betten nicht schlafen konnte!«

»Wie lange wohnen Sie denn schon hier?«

»Seit sieben Jahren.«

»Und wo haben Sie vorher gewohnt?«

»In München.«

Hofbauer sagte versöhnlich, was die fremden Betten betreffe, so könne er dies durchaus verstehen. Dann erklärte er, sie hätten fürs erste genug erfahren. Er bat Frau Kalduweit, sie möge sich zur Verfügung halten, um ihren Mann zu identifizieren, »in der Medizinischen« in München. Man würde sich melden und rechtzeitig Bescheid geben. »Nochmals: Herzliches Beileid.«

Sie sah durch die beiden Beamten hindurch, blickte aus dem Fenster, hinaus in den Mai. Hofbauer wartete. Die Frau mit dem Porzellangesicht wollte noch etwa sagen, er ahnte es. »Hatte Ihr Mann Feinde?« fragte er schließlich. Das kam viel zu spät, tadelte er sich selbst, zum absolut falschen Zeitpunkt. Oder gerade zum richtigen, wer konnte das wissen?

»Ich habe meine Ehe abgesessen«, flüsterte sie. »So fatal das auch klingt. Haben Sie schon mal was von Erich Kästner gehört?« Sie schloß die Augen. *»Als sie einander acht Jahre kannten, und man darf sagen, sie kannten sich gut«*, ihre Stimme war kaum mehr zu vernehmen, *»kam ihre Liebe plötzlich abhanden ...«*

»... wie anderen Leuten ein Stock oder Hut«, ergänzte Hofbauer. Er verbeugte sich kurz. »Hatte Ihr Mann Feinde?« wiederholte er seine Frage.

»Wie?« Die Schauspielerin musterte ihn aus graublauen Augen. »Woher soll ich das wissen? Er war ein Niemand, ich sagte es schon. Er ging zum Skatspielen. Und kaufte überflüssiges Zeug auf Antiquitätenmessen. Ich selbst«, die graublauen Augen bemühten sich, gütig zu blicken, »habe nur Freunde.

Theaterleute. Wir halten zusammen, durch Dick und Dünn. Wir sind eine große Familie.«

Sie forschte nach einer neuen Zigarette. »Würden Sie mich jetzt bitte alleine lassen?«

Truxeis blieb bis weit nach Mittagessenszeit im Bräustüberl sitzen.

Seine kleine Schnorrerei hatte ihm höllischen Spaß bereitet, die junge Maus von der Münchner Kripo war ihm kolossal auf den Leim gegangen. Und die halbe Ente hatte superb gemundet. Truxeis war dicksatt. Je älter er wurde, desto weniger brauchte er, um seinen Bauch zu füllen. Die Brotzeit würde bis zum Abend reichen, dann würde er vielleicht noch eine Tasse Tee und eines dieser krümeligen Brote zu sich nehmen, deren Name ihm momentan leider entfallen war. Dieses Nachlassen seines Gedächtnisses, die »Greiserei«, wie er es nannte, war lästig. Er war jetzt 78, zum Glück noch gut zu Fuß und körperlich »hoffnungslos gesund«, so jedenfalls lautete einer der munteren Sprüche seines Hausarztes. Aber dieses Problem mit den Wörtern, das war trotz allem nicht zu übersehen, so gut er inzwischen auch gelernt hatte zu improvisieren. Und außerdem: Der Blutdruck! Truxeis' Meßwerte präsentierten sich erbarmungslos niedrig. Er brauchte oft über eine Stunde, um morgens aus dem Bett zu kommen und sich sein Frühstück zu bereiten. Das war für einen Ornithologen ein großes Problem. Es bedeutete, im Sommer den Wecker auf mindestens halb fünf zu stellen, damit man rechtzeitig bei den Beobachtungsplätzen war.

Er nahm seine Fernrohr und ging an der kleinen Ansammlung von Fahrrädern vorbei, die sich draußen an der Mauer gebildet hatte.

Aufstehen um halb fünf! Das hieß drei Stunden Schlaf, bestenfalls. Denn Truxeis lag neuerdings bis weit nach Mitternacht wach. Und nachts, das war unvermeidlich, kamen die Gedanken. Ein Glück, daß er nicht verheiratet war. Das hätte unweigerlich Krach gegeben, weil er dann aufstand, Joghurt aß, Radio hörte oder manchmal auf seiner Geige übte. Er wunderte sich, daß ihn die Nachbarn nicht schon längst angezeigt hatten.

Seit ein paar Wochen ging er sogar im Dorf spazieren, wenn alles schlief, wanderte bei Sturm und Regen durch Planeggs verlassene Straßen. Kam irgendwann nach Hause, ruhte ein, zwei Stunden und machte sich dann auf den Weg zum Lichtwegweiher, oben, an der glazialen Hangkante des Biotops, das die Umwelttante, Frau Bichler, zusammen mit ihren Helfern angelegt hatte. Dort beobachtete er die Sonnenaufgänge. Die Wasseramseln. Den Flußregenpfeifer. Und tausend andere Lebewesen, die der normale Mensch niemals sah und auch niemals sehen würde.

Truxeis ging zur Ampel, die schräg gegenüber dem alten Valentinhaus lag, drückte auf die Taste. Ha! Heute nacht hatte es sich gelohnt, wachzubleiben! Er war zur richtigen Zeit an der richtigen Stelle gewesen.

Mit forschen Schritten überquerte er die Straße. Wenn er sich nicht irrte, mußte noch ein Bleistift in seiner Wohnung sein. Und ein paar leere Blätter. Vielleicht sogar ein Radiergummi.

Zwieback hieß das Zeug, das er abends immer aß. Jetzt war es ihm wieder eingefallen. Zwieback! Blieb nur noch das Problem, den Hausschlüssel zu finden. Wo, zum Kuckuck, hatte sich schon wieder der Hausschlüssel verkrochen?

Sie gingen die Treppe hinunter, nachdenklich und unzufrieden.

»Ich sag's nicht gerne, Chef«, begann Anita, als sie im Auto saßen. »Aber da wäre mehr drin gewesen.«

»Meinst du?«

»Wer ist dieser Tiffy, von dem die Kalduweit gesprochen hat? Wer ist dieses sogenannte Gäubelchen?« Anita bekam ihre grünen Augen. »Und noch etwas: Daß Theaterleute zusammenhalten, durch Dick und Dünn, ist mir neu. Das ist pure Erfindung.«

Hofbauer drehte den Zündschlüssel herum. Er knurrte: »Ich weiß durchaus, was ich zu tun habe«, legte den ersten Gang ein, wartete, drückte den Hebel wieder in den Leerlauf zurück. Vielleicht hatte Anita recht? Vielleicht hatte sie heute mehr Intuition als er? Und weil dies tatsächlich der Fall zu sein schien, ärgerte er sich um so mehr. »Du hast mir keine Ratschläge zu erteilen!« Es klang wütender, als er tatsächlich war. »Könnte es sein, daß du das vergessen hast?«

Seine Mitarbeiterin fuhr sich durch ihr sorgfältig frisiertes Haar. Sie wurde blaß und dann knallrot. Hastig öffnete sie die Tür. »Sie können sich beschweren, Chef«, rief sie gereizt, »morgen, an allerhöchster Stelle. Tut mir leid! Aber ich bleibe dabei, wenn Sie ...«

Ein Rollerskater, der die offene Tür zu spät gesehen hatte, krachte mit voller Geschwindigkeit dagegen. Es gab einen dumpfen Schlag, und der Skater stürzte auf den Gehsteig, wo er betäubt liegenblieb.

Hofbauer sprang aus dem Wagen, rannte um das Auto herum, versuchte, dem Verletzten aufzuhelfen. Passanten blieben stehen, man rief nach der Polizei, dem Notarzt, dem Roten Kreuz. Anita saß erschrocken und blaß auf ihrem Platz. Da erhob sich der Skater, griff sich an die Stirn, von der ein dünnes, aber stetig fließendes Rinnsal Blut auf den Boden tropfte.

»Alles okay? Sag doch was! Warte mal!« Hofbauer hastete zum Kofferraum, riß ihn auf, zerrte den Erste-Hilfe-Kasten heraus. Er nestelte ein Stück Verbandmull aus der Plastikumhüllung, fand zum Glück gleich die Schere, schnitt einen Streifen ab und drückte es dem Unglücksraben in die Hand. »Halt's gegen die Wunde! Setz dich auf den Boden, sonst kippst du mir noch um!«

Der Junge, er war etwa 17 oder 18, tat wortlos, was man ihm gesagt hatte. Er hockte sich auf den Gehsteig, wo er mit glasigem Blick die Beine der Passanten betrachtete. Der Kommissar riß sein Handy aus der Tasche, aber einer der Umstehenden rief, er habe dem Notarzt schon Bescheid gesagt.

Anita saß noch immer im Wagen.

Die Leute begannen, den Hergang des Unfalls zu diskutieren. Keiner hatte etwas Genaues gesehen, aber alle wußten, wie es geschehen war.

»Das wird Sie allerhand kosten«, drohte ein Mann im Trainingsanzug.

»Bleib doch daheim, wenn du nicht Autofahren kannst«, bellte ein anderer.

Und eine Frau mit einem Säugling auf dem Arm erklärte, sie habe genau beobachtet, wie Hofbauer seine Freundin unsittlich berührt habe. Deshalb habe seine Freundin die Tür in voller Panik aufgestoßen.

Der Mann, der den Notarzt alarmiert hatte, sagte im schönsten Würmtal-Bayrisch: »Jetzt seid's aber amal staad! Geht's hoam, alle mitanand, des is des Beste!«

Hofbauers Alarmglocken begannen zu schrillen. Er war sich klar darüber, was es bedeutete, Volkes Meinung gegen sich zu haben. Er hielt seinen Ausweis in die Luft, Anita, nach ein paar ermunternden Worten, ebenso. »Peter Hofbauer, Kripo München«, sagte er so emotionslos wie möglich. »Anita Mauermann, meine Kollegin.«

Die Leute wichen zurück, blieben aber neugierig an Ort und Stelle. Hofbauer wandte sich an den Herrn, der ihm so unerwartet zu Hilfe gekommen war. »Danke! Aber ich schaff das schon!«

»Natürlich, Herr Inspektor!«

»Wo bleibt denn der Sanka?«

»Der is glei da!«

Die Frau mit dem Säugling entschuldigte sich mit respektvollen Worten. »Sie haben sicher mit dem Mord an der Würm zu tun, mit dieser Leiche, die man heute früh gefunden hat.« Schaudernd erzählte sie von den Neuigkeiten, die aus der Gerüchteküche inzwischen bis zu ihr geschwappt waren.

Hofbauer bückte sich zu dem Unfallopfer hinab.

»Hallo«, er klopfte dem Jungen auf die Schulter, »wie geht's dir denn?«

»Ich lebe noch!« Der Bursche erhob sich mühsam, dehnte sich, probierte ein paar Kniebeugen, wobei er noch immer den Mull gegen seine Wunde preßte. »Scheint noch alles zu funktionieren. Aber meine Hose ist voll im Arsch!« Er deutete auf zwei beeindruckende Löcher.

»Die kriegen wir schon wieder hin!« Das war Anita, die ebenfalls langsam wieder zu sich kam. »Wie heißt du denn?« fragte sie.

»Kai.«

»Und weiter?«

»Kai Avemarg.«

»Sag das nochmal!« entfuhr es Anita.

»Was?«

»Deinen Nachnamen.«

»Warum?«

»Ich hab ihn nicht ganz verstanden.«

Der Junge steckte auf einmal voller Mißtrauen. Er dachte nicht daran, eine weitere Antwort zu geben.

»Bist du aus Planegg?« fragte Hofbauer scharf.

Schweigen.

Da beging Hofbauer einen fatalen Fehler. »Kennst du einen Bastian Hofbauer? Wart ihr heute nacht zusammen unterwegs?«

Der Junge zuckte zusammen, erschrocken und sichtlich kopfscheu geworden.

»Nun sag schon!«

»Hintenrum West!«

»Wie bitte?«

Der Junge schmiß den Verbandmull auf den Boden, schlängelte sich an Hofbauer vorbei, murmelte höflich »Die spinnen, die Römer«, und schlurrend und polternd kurvte er den Weg hinunter, Richtung Stadtpark.

»Das war aus ›Asterix und Obelix‹«, stellte Anita trocken fest.

Es läutete.

Emmy Kalduweit ahnte, was nun kommen würde. Das Ensemble würde seine Aufwartung machen, zumindest der harte Kern, daran war nichts zu ändern. Aber möglicherweise war es ganz gut, ein wenig Fürsprache zu erhalten. Vielleicht war es nützlich, ein paar Dinge zu besprechen?

Sie wartete ein zweites Läuten ab, dann ein drittes, schließlich ging sie zur Tür und öffnete. »Kommt herein«, sagte sie mit schwacher Stimme.

Tiffy Bahlke war der erste, der über die Schwelle trat. Er stürzte auf Frau Kalduweit zu, jugendlich und stürmisch, bedeckte ihr Gesicht mit unzähligen Küssen. »Dieses Unglück!« Er hielt einen Moment inne. »Ich bin noch wie betäubt!«

»Ach, du Guter!« Sanft schob sie Tiffy von sich. »Gäubelchen! Wie aufmerksam von dir, daß auch du gekommen bist!«

»Aber ich bitte dich!« Ein älterer Herr mit modischem Haarschnitt und gepflegtem Bärtchen deutete einen Handkuß an, wandte sich dann bewegt ab.

Die anderen standen im Hausflur herum, umarmten abwechselnd einander und die Witwe.

»Daß immer die Besten so früh gehen müssen!«

»Es ist grausam, Amalie!«

Die Witwe zog eine mit den Tränen kämpfende Endfünfzigerin ins Wohnzimmer, setzte sich neben sie auf das Sofa. Die übrige Besatzung des Kraillinger TIK folgte zögernd.

»Wie nett, daß ihr gekommen seid!«

»Aber das ist doch selbstverständlich«, nickten alle.

»Ich hab's von meiner Nachbarin erfahren. Und die hat's von ihrer Freundin aus Gräfelfing.« Amalie Gallwein schneuzte sich, rückte ihren Hut zurecht. »Wie konnte das nur passieren?« setzte sie neugierig hinzu.

Der ältere Herr, der mit ›Gäubelchen‹ angesprochen wurde, meinte tadelnd, man solle die arme Emmy doch mit derlei Fragen in Ruhe lassen. Sie sei sicher noch nicht in der Lage, Genaueres zu sagen. »War die Polizei denn schon da?« wollte er wissen.

Emmy Kalduweit berichtete von Hofbauers Besuch, nicht ganz korrekt und wenig ausführlich.

»Hat man, ich meine«, der junge Tiffy steckte sich ein Pfefferminzbonbon in den Mund, »gibt es irgendwelche Anhaltspunkte, wer diese unfaßbare Tat begangen haben könnte?«

»Die ich immer noch nicht glauben kann!« Der ältere Herr zupfte bedeutungsschwer an seinem Bärtchen herum. »Sagt mir ehrlich«, setzte er noch eins drauf, »hatte unser Siegmund irgendwelche Feinde? Kannte er irgendwelche Verbrecher oder Ganoven? Sagt es mir, ich flehe euch an!«

»Das Gleiche hat mich der Mann von der Kripo auch gefragt«, seufzte Frau Kalduweit.

»Und was hast du geantwortet?«

»Erwürgt!« Sie war wieder einmal taub auf beiden Ohren. »Sie sagen, mein geliebter Siegmund wurde erwürgt!«

Eine unangenehme Pause entstand. Jeder wartete auf ein Stichwort, das aber nicht kam.

»Die Welt ist schlecht«, murmelte Tiffy nach einer Weile.

Ines Gabor, eine blendend aussehende Brünette, zog ein spöttisches Gesicht. »Dein goldiger Siegmund wird froh sein, daß er endlich seine Ruhe hat!« fauchte sie. Ihre Worte spülten die Trauerstimmung, in der sich das Ensemble des TIK befand, im Bruchteil einer Sekunde fort. Reglos standen alle da, starrten entgeistert auf die Gabor.

»Aber Ines!« Die Kalduweit sah so aus, als müßte sie sich gleich übergeben. »Wie kannst du so etwas sagen! So etwas«, sie verschluckte sich fast, »so etwas entsetzlich Gemeines!«

Tiffy war der erste, der sich wieder fing. Er lief zum Sofa, bettete Frau Kalduweits Hände in die seinen. Er flüsterte: »Beruhige dich, Emmy, beruhige dich!« Und zu Ines Gabor gewandt schrie er: »Du nimmst das sofort zurück! Oder ich, oder wir ...« Dann verstummte er.

Amalie Gallwein zischte, völlig außer sich: »Hast du einen Whisky? Irgendwas Scharfes zum Runterschlucken?«

Aber die Witwe sagte, sie habe keinen einzigen Tropfen Alkohol im Haus. Und sie bat ihre Gäste, Rücksicht zu nehmen, es sei alles viel zu viel für sie gewesen. Die Freunde sollten nicht böse sein, aber jetzt doch besser gehen. Nachdem, was sie heute durchgemacht habe. Und nach dieser Entgleisung von Ines.

Gäubel meinte, es sei tatsächlich das Beste, die arme Emmy alleinzulassen. Nur Tiffy erklärte, er bleibe noch ein wenig da. Was von der Gabor mit anzüglichem Gelächter quittiert wurde.

Die anderen nannten Ines erneut »unverfroren« und »unmöglich«, als Amalie Gallwein, in einer Atempause, plötzlich sagte: »Wer wird jetzt Regisseur?«

Das war, sie mußten es zugeben, eine gute Frage. Die Frage war so gut, daß Ines erneut von einem Lachanfall geschüttelt wurde. Der Friede war nun endgültig dahin.

Sie fingen an zu diskutieren, heftig und leidenschaftlich. Namen flogen hin und her, Gäubel polterte, man müsse auch die anderen Mitglieder des Ensembles hören, und die Gallwein, sichtlich überrascht von dem Tohuwabohu, das sie angerichtet hatte, rief ein ums andere Mal: »Ich liebe euch alle«, was aber niemand zur Kenntnis nahm.

Nur Tiffy blieb gelassen. Mit großer Geste bat er um Ruhe. Als allen der Atem ausgegangen war, trat Stille ein. Der junge Mann stand neben der Tür, ein kurzer Blickkontakt mit Emmy Kalduweit, dann sagte er mit fester Stimme: »Ich bin bereit!«

»Wozu?« Begriffsstutzig versuchte Gäubel, die Worte zu deuten.

»Ich übernehme die Rolle des Regisseurs!« sagte Tiffy.

»Bravo!«

Reichlich spät stellte die Kalduweit fest, daß sie die einzige war, die Beifall klatschte.

Hofbauer brachte Anita zur Planegger S-Bahnstation. Wortlos, mit zerfurchtem Gesicht.

Dieser 1. Mai, da gab es keinen Zweifel, entwickelte sich auch weiterhin prächtig. Die Papierschlangen, die vor dem Planegger Bahnhof herumlagen, trugen keineswegs dazu bei, seine Stimmung zu heben.

»Die Autotür ist heilgeblieben«, preßte er hervor. »Das ist das einzig Positive an der Geschichte, die du uns eingebrockt hast.«

Anita murmelte etwas, das nicht gerade überzeugend nach »Entschuldigung, Chef« klang, und, nach überstandenem Schrecken, erklärte sie sehr selbstbewußt, wenn sie ihre Meinung nicht mehr frei äußern dürfe, würde sie um ihre Versetzung bitten. Sie sei nun mal nicht bereit, sich den Mund zunähen zu lassen, sie könne nichts dafür. Und das mit der Tür tue ihr leid, aber jeder Mensch mache nun mal einen Fehler.

Hofbauer ließ einige Zeit des Nachdenkens verstreichen. Dann seufzte er: »Du bist nun mal mein großer Schwarm«, mußte verstohlen grinsen und setzte ernst hinzu: »Ich schätze deine Meinung natürlich, selbstverständlich. Auch deine Kritik. Aber«, er umklammerte das Lenkrad wie einen Rettungsanker, »alles zu seiner Zeit.« Damit erklärte er das Thema für beendet.

Sie besprachen noch das Nötigste. Die Ermittlungen mußten am Montag fortgesetzt werden, bis dahin liege sicher auch der genaue Obduktionsbericht vor. Was sie bis jetzt in der Sache Kalduweit herausgefunden hatten, sei mehr als dünn.

»Diesen Kai Avemarg übernehme ich«, schloß der Kommissar.

»In Ordnung, Chef.«

»Wir treffen uns morgen um neun im Präsidium! Ausgeruht und frisch gekämmt!«

»Natürlich.« Anita stieg aus, diesmal ohne einen Skater lebensgefährlich zu verletzen, und verschwand in Richtung S-Bahn Nummer sechs. Sie würde abends alleine in die Sauna gehen, nahm sie sich vor, und sich eine wohltuende und entspannende Feng-Shui-Massage gönnen. Und versuchen, ein paar Stunden nicht an grämliche Hauptkommissare zu denken.

Langsam ließ Hofbauer den Wagen die noch immer recht belebte Bahnhofstraße hinunterrollen. Vor dem Café Richter, rechts unter den Arkaden, warteten die Leute geduldig, bis sie drankamen, um ihren Sonntagskuchen zu kaufen. Er sah eine Alte mit dem Gehwägelchen davonschleichen, auch der Typ mit dem Fernrohr war da und betrachtete die Gegend.

Die Adresse, die Hofbauer suchte, lag in unmittelbarer Nähe. Er parkte den Wagen vor einem protzigen Palais, ging ein paar Schritte zurück und war nach gut hundert Metern am Ziel.

›Hier wohnen Quedlinburgs‹ stand auf einem selbstgetöpferten Täfelchen, das an den rechten Türpfosten des Hauses geklebt war.

Die Quedlinburgs wohnten in einem ganz aus Holz gezimmerten Schlößchen mit langen, schmalen Fenstern und bemalten Gartenstühlen. Keine der obligatorischen Thujenhecken versperrte die Sicht auf ihre Residenz.

Er betätigte die Kuhglocke, die unter der Haustür hing.

Eine freundlich blickende Frau, etwa in Claudias Alter, in Jogginghose und einem lose über dem Bauchnabel zusammengebundenem Strickoberteil, öffnete. »Hallo?«

Hofbauer stellte sich vor. Er fragte höflich, ob er seinen Sohn Bastian sprechen könne, seine Frau habe ihm erzählt, er befinde sich hier, bei seiner Freundin.

»Aber ja doch. Kommen Sie herein!«

Sie gingen durch eine Art Innenhof, der eingerahmt war von meterhohen, mit seltsamen Farbflecken bedeckten Leinwandbahnen.

Frau Quedlinburg pochte an eine Tür. Wartete. Pochte noch einmal. »Ich weiß jetzt nicht so recht, ob ich die beiden in ihrer Privatsphäre stören darf«, sagte sie.

Auf ein weiteres, sehr sanftes Klopfen rief eine Mädchenstimme von innen: »Was ist denn?«

Die Mutter öffnete die Tür einen Spalt. Sprach leise mit ihrer Tochter. »Alles in Ordnung«, wandte sie sich schließlich an Hofbauer. »Sie dürfen reinkommen.«

»Da hab ich aber nochmal Glück gehabt!« Er ging einen Schritt ins Zimmer, blieb stehen, sah sich um. Eine Stereoanlage stand in der Ecke, die Lautsprecher geschickt verteilt. Der Fernsehapparat befand sich am Fußende des Bettes, über dem ein farbiges Poster von Donald Duck angebracht war. Neben dem Bett ein Grammofon aus Omas Zeiten. Über hundert Stofftiere lagen, hockten und hingen auf dem Boden, auf Regalen, auf Stühlen, auf einem zierlichen Schreibtisch.

Sein Sohn saß in einem Lehnstuhl, ein junges Mädchen auf dem Schoß, das ziemlich genauso gekleidet war wie ihre Mutter. Das Mädchen war bildhübsch, schwarzes Haar umrahmte ihr Gesicht, die großen Kulleraugen machten sie erwachsener, als sie war.

Die beiden kifften ganz offensichtlich. Hofbauers Nase täuschte sich nicht. Sie blickten ihn in einer Mischung aus Abwehr und Verblüffung an.

»Guten Abend!« Etwas Dümmeres fiel ihm leider nicht ein. »Ich wollte nur mal sehen, wo du steckst!«

»Echt?«

»Ja!«

Das Mädchen fragte: »Ist das dein Daddy?« Bastian nickte.

Hofbauer räumte ein paar Stofftiere von einem Stuhl, drehte den Stuhl um, setzte sich verkehrt herum darauf. Er studierte seinen Sohn, der ein wenig blaß aussah, das Gesicht immer noch voller Überraschung.

»Wie lange kennt ihr euch denn schon?«

»Elf Tage.«

»Geht ihr zusammen in die Schule?«

Das Mädchen schmiegte sich an Bastian, lehnte ihren Kopf an seine Schulter. Bastian sah stolz, aber doch auch unsicher zu seinem Vater hinüber. Er nahm einen Zug aus seinem Glimmstengel, prüfte, wie sein Vater reagieren würde. Der reagierte überhaupt nicht.

Hofbauer wußte genau, jeder Satz, den er jetzt sagte, war falsch. Mußte einfach falsch sein. Denn vor ihm saß nicht irgendein kleiner Ganove, vor ihm saß sein Sohn, der im Moment vatertaub war.

»Willste mal ziehen?« Das Mädchen hielt ihm ihren Lolly hin.

»Nein, danke!«

Versunken begann sie, an Bastians Ohrläppchen zu knabbern.

»Wohnst du jetzt hier?« fragte Hofbauer.

»Manchmal. Susis Eltern sind voll nett.«

»Was macht die Schule?«

»Gar nix! Ich geh nicht mehr hin.«

»Eine gute Idee!« Hofbauers Sarkasmus ließ Bastian unberührt. Und weil er es endlich loswerden mußte, sagte Hofbauer: »Du hast heute nacht fünf Reifen zerstochen, mutwillig. Das ist Sachbeschädigung, weißt du das?«

»Sachbeschädigung ist cool!«

»Ach so!« Es juckte ihn unglaublich, das Mädchen von Bastians Schoß herunterzuziehen und seinem Sohn ein paar Ohrfeigen zu verpassen. Aber er beherrschte sich. Auch er konnte cool sein, verdammt nochmal!

Hofbauer wunderte sich noch lange danach, wie er darauf gekommen war, aber er sagte fast fröhlich: »Ich gehe jetzt. Wenn du mich mal brauchst, meine Telefonnummer hast du. Du kannst mich anrufen, wann du willst.«

Dann sagte er noch: »Ich habe immer Zeit für dich.«

»No future!« antwortete Bastian.

Hofbauer machte kehrt und verließ die Quedlinburgsche Residenz. Die kunstvollen Fahnen machten keinerlei Versuche, ihn zurückzuhalten.

Susis voll nette Eltern waren nirgends zu sehen. Nur ein Kater saß auf dem linken Türpfosten und blinkte ihn aus weisen Katzenaugen an.

Er fuhr Richtung München, in die Perlacherstraße 126, ein paar Meter vom Giesinger Bahnhof entfernt. Vor der Gaststätte Odysseus, seinem Stamm- und Lieblingsgriechen, fragte er seinen sensiblen Magen, ob er ein Glas Bier und ein Gyros vertragen würde. Sein sensibler Magen hatte nichts dagegen.

Der Wirt erschien, grüßte melancholisch. Odysseus litt seit Monaten an Weltschmerz. Griechenland war bei der Fußballweltmeisterschaft nicht dabei, »Rehakles«, der deutsche Trainer der griechischen Mannschaft, saß auf dem absteigenden Ast. Es gab weder einen Gratis-Ouzo als Vorspeise, noch einen als Dessert. Dem Kommissar blieb nichts anderes übrig, als auf seine eigenen Kosten eine Runde zu bestellen. Einen für sich und einen für Odysseus. Und je einen gegen die überhandnehmende Depression.

»Wie geht's deinem Sohn?« fragte Hofbauer Odysseus, als er mit dem Essen fertig war. Er bestellte sich einen Kaffee, weil er entschieden hatte, den Tag mit einer gastronomischen Sünde zu beschließen.

»Man hat ihn bei Siemens rausgeschmissen.«

»Und was macht er jetzt?«

»Nichts!«

Der Kaffee war glühend heiß, Hofbauer mußte die Sünde für ein paar Minuten verschieben. »Aber er zersticht wenigstens keine Autoreifen.«

Odysseus hatte sich angewöhnt, sich über seine Gäste nicht mehr zu wundern. Selbst wenn sein Sohn reihenweise Autoreifen zerstochen hätte, Odysseus hätte es dem Kommissar bei aller Freundschaft nicht verraten. Also beließ er es bei einem kurzen »Nein«.

»Gratuliere!« Schlürfend sog Hofbauer das viel zu süße Gebräu in sich hinein. »Kaffee senkt den Blutdruck! Das ist das Allerneueste!«

»Und Gyros macht liebestoll!« Damit beendete Odysseus den Dialog, weil er seinen Pflichten nachkommen mußte. Hofbauer blieb noch ein Weilchen sitzen, zahlte, ging hinüber zum Hochhaus und fuhr hinauf in den siebten Stock. Liebestollheit konnte er nicht gebrauchen. Milly hatte ihn verlassen, es gab schon seit Wochen keine nächtliche Betrachtung ihres Nabelpiercings mehr, von weiteren Spielen ganz zu schweigen. Es war also nicht möglich, der gastronomischen eine erotische Sünde hinzuzufügen.

Er brachte ein Viertelstündchen Talk Show mit Sabine Christiansen hinter sich, zappte in ein paar andere Kanäle, drückte dann auf den einzig richtigen Knopf und betrachtete vom Balkon aus das schlafende Giesing.

Vielleicht sollte er Bastian ein Päckchen Präservative schikken? Aber an welche Adresse?

Frau Kalduweit hatte ein Porzellangesicht.

Ihr Mann war angeblich gräßlich unbegabt.

Claudias Knilch besaß eine fiese Bügelfalte.

Der Bericht des Amtsarztes war eindeutig.

Man hatte Siegmund Kalduweit erwürgt, wie der Doktor schon am Sonntagvormittag festgestellt hatte. Der alte Mann war also schon tot gewesen, als man ihn in die Würm warf, der Befund der Lunge hatte es bestätigt.

Sie saßen in Hofbauers Zimmer, versammelt zur montäglichen Besprechung. Staatsanwalt Dr. Dieckmann, der Kollege Lichtlein und Anita. Dr. Dieckmann berichtete von seinen bergsteigerischen Erfolgen des Wochenendes, während er, zusammen mit Hofbauer, Anita Mauermanns neue Strickjacke bewunderte. Die Strickjacke bestand zum größten Teil aus Löchern, die auf geheimnisvolle Weise mit Kordeln, Schnüren und Wollzöpfen bedeckt waren.

»Der Watzmann in drei Stunden, das geht hübsch in die Knochen«, sagte Dieckmann, wobei es so aussah, als würde er die Löcher an Anitas Jacke zählen.

»Kalduweit war Brillenträger«, erinnerte Hofbauer an den Grund ihrer Zusammenkunft. »Der Obduktionsbericht spricht von zwei deutlich sichtbaren Druckstellen an der Nase.«

»Die Sie also gestern übersehen haben!« Kollege Lichtlein packte seine Zigarillos aus, unterzog sie einer sorgfältigen Prüfung und entschied sich für die Nummer drei auf der rechten Seite der Schachtel. Er sagte: »Wenn es einen Kampf gegeben hat, müssen Sie die Brille irgendwo finden.«

»In der Würm?«

»Dort, wo der Kampf vermutlich stattgefunden hat. Irgendwo am Ufer.«

»Oder doch mitten im rauschenden Bach.«

Lichtlein entzündete sein Zigarillo, hüllte sein Antlitz in eine düstere Wolke. Der Staatsanwalt wies auf die Berichte in den Zeitungen hin, wobei er die übliche Empfehlung gab, bei den ersten handfesten Hinweisen ein Pressegespräch zu organisieren. »Dieser Bodo Klotz«, er hob die Süddeutsche Zeitung hoch, »schreibt flockig und individuell. Ich frage mich allerdings, woher er seine Informationen hat.«

»Von uns nicht!« sagte Hofbauer.

»Vielleicht von Zinner und Lederer?« warf Anita ein.

»Möglich.«

Lichtlein öffnete ein Guckloch seiner Giftwolke. »Der Mord ist sicher mit den Schandtaten der Freinacht in Verbindung zu bringen«, gab er zum Besten. »Man hört ja so allerhand, was da wieder mal geschehen ist.«

»Was denn?« Das war Anita, die auf Hofbauers verstörtes Gesicht hin erschrocken schwieg.

»Ich werde bei Gelegenheit darauf zurückkommen!« Lichtlein schloß sein Guckloch mit einer neuen Rauchschwade.

Hofbauer faßte noch einmal zusammen, was sein Besuch bei Frau Kalduweit erbracht hatte. Er sagte, sie würden gemeinsam mit der Planegger Polizei die Brücken und die beiden Würmufer sorgfältig untersuchen. Und sie würden sich im Bekanntenkreis des Opfers umsehen, vornehmlich bei den Leuten der Theatergruppe.

»Frau Kalduweit hat in ›Besuch der alten Dame‹ die Hauptrolle gespielt«, schloß er mit einem Augenzwinkern.

Es war nicht zu erkennen, ob diese Nachricht bis zu Lichtlein durchgedrungen war. Auch Dieckmann zeigte keinerlei Reaktion. Beide hatten von den Qualitäten des TIK noch nie etwas gehört. Oder von Dürrenmatts Stück, je nachdem.

Nach einigem weiteren Hin und Her, nach der Besprechung des immer noch nicht gelösten Falles Castorius, verabschiedete man sich höflich und versicherte sich der gegenseitigen Wertschätzung.

Als sie im Auto saßen, sagte Anita: »Die Brille könnte auch eine Sonnenbrille sein. Ältere Leute sind oft recht lichtempfindlich, habe ich gehört.«

»Es hat keinen Kampf gegeben«, fügte Hofbauer nachdenklich hinzu. »Bei dem Toten sind nicht die geringsten Kratzspuren zu entdecken.«

»Und trotzdem ist die Uhr verschwunden.«

»Er kann sie irgendwo verloren haben.«

»Also keine Chance auf eine DNA-Analyse?«

»Vorerst nicht.« Hofbauer gab Gas und stürzte sich in den Münchner Berufsverkehr.

Sie klapperten die Gasthäuser an der Würm ab, angefangen beim Alten Wirt in Krailling bis hinunter zum Planegger Pe-Es. Sie stellten fest, daß der Alte Wirt keinen einzigen Billardtisch besaß. Der Skatclub, so hieß es, treffe sich beim Heide Volm am Planegger Bahnhof und der Bridgeclub im Bürgerhaus von Gräfelfing.

Truxeis hatte gelogen, wie seinerzeit Till Eulenspiegel, daran gab es keinen Zweifel.

Die Wirtin der Kraillinger Gaststätte, jung und fesch, kannte Truxeis und sein Fernrohr gut. Der Mann sei ein armer Hund, berichtete sie, und ein Schnorrer. Aber er sei friedlich. Den toten Kalduweit hatte die Wirtin noch nie gesehen.

Auch in den anderen Gaststätten war er unbekannt. Der Mann mußte ein sehr zurückgezogenes Leben geführt haben. Wenn er nicht gerade Uhren kaufte oder Postkarten tauschte, saß er, so schien es jedenfalls, zu Hause bei seiner ihn nicht mehr liebenden Frau. Um so größer war daher das Rätsel, wie Kalduweit mit seinem Mörder zusammengetroffen war. Auch die Frage nach dem Wo war noch nicht beantwortet.

In der Inspektion 46 fanden sie Lederer und Zinner, die einigermaßen erholt und ausgeruht ihren Dienst versahen. Sie kamen gerade von einem Unfall in der Germeringerstraße.

»Nur Blechschaden«, meldete Zinner, nachdem er ebenfalls einen etwas zu langen Blick auf Anitas Strickjacke geworfen hatte. »Unfallflucht, wie reichlich oft in letzter Zeit.«

»Wir müssen die Bevölkerung noch mehr sensibilisieren«, fügte Lederer hinzu.

»Wir müssen bürgerorientiert arbeiten«, ergänzte sein Kollege.

Anita wunderte sich. »Habt ihr einen schicken Fortbildungskurs hinter euch?« wollte sie wissen.

Die beiden schüttelten den Kopf. Was sie eben zitiert hatten, sei das kleine Einmaleins des Landpolizisten, erklärten sie. Auf Hofbauers Frage, ob sie von der Presse angerufen worden wären, nickten sie. »Wir haben aber nur das Allernötigste erzählt«, sagte Zinner.

»Der Reporter hat aber leider ein wenig mehr als nur das Allernötigste geschrieben.« Hofbauer hob die Süddeutsche Zeitung in die Höhe. Zinner murmelte etwas von »Kann ich nichts dafür« und »Der Bürger muß Bescheid wissen«, dann versteckte er sich hinter seiner Schreibmaschine.

Hofbauer bat den Leiter der Inspektion, ein paar Leute abzustellen, um Brücken und Würmufer unter die Lupe zu nehmen. Der Hauptkommissar, ein etwa vierzig Jahre alter Mann mit offenem Blick, zeigte sich nicht unbedingt begeistert. Man einigte sich schließlich, trotz Personalnot, auf eine Gruppe von fünf Polizisten, die gegen 14 Uhr mit der Arbeit beginnen sollte.

Hofbauer bedankte sich freundlich.

Das Mittagessen ließen sie ausfallen, weil Hofbauer beim Frühstück wieder einmal zwei Brezeln zuviel verdrückt hatte, und weil die Waage genau 2,8 Kilo mehr als sein Idealgewicht anzeigte. Anita hatte gegen die vorgeschlagene Kasteiung keinerlei Einwände.

Sie fuhren nach Krailling und standen zehn Minuten später erneut in Emmy Kalduweits Haus.

Die Witwe sah gut aus, geschmackvoll geschminkt, zeigte sich aber wenig erfreut über den Besuch. Erst auf Hofbauers Bitte, ihnen ihr kleines Theater zu zeigen, änderte sich ihr Verhalten. Voller Stolz führte sie die beiden Kriminaler in den Keller.

Es war ein Raum mit etwa achtzig Sitzplätzen, einer kleinen Bühne, einer winzigen Garderobe. Eine Phalanx von Scheinwerfern klebte oben an der Decke. Auch WC und Dusche fehlten nicht. Die Wände waren, wie im Wohnzimmer, vollgekleistert mit Bildern des Ensembles. Nach Siegmunds Foto suchten sie jedoch auch hier vergebens.

»Was spielen Sie denn zur Zeit?« fragte Hofbauer.

Frau Kalduweit setzte sich auf einen Holzklotz, der seitlich auf der Bühne stand. »Wir geben ›Die fremde Stadt‹, von John Priestley.« Sie deutete auf ein großes Plakat, das inmitten der Fotos hing. »Ein einzigartiges Stück. Sie werden es nicht kennen.«

Hofbauer gab zu, noch nie etwas davon gehört zu haben.

»Warum spielen Sie nichts vom Friedrich, dem Schiller?« Anita saß in der vordersten Reihe der leeren Stühle. »Wir hatten doch das Schillerjahr, wenn ich mich recht erinnere.«

Hofbauer zitierte: *»Das eben ist der Fluch der bösen Tat, daß sie fortzeugend immer Böses muß gebären!* Was sagen Sie dazu?«

Ihr Gegenüber antwortete nicht.

Anita fragte: »Trug Ihr Mann eine Brille?«

»Eine Sonnenbrille«, war die Antwort. »Er hatte Probleme mit dem Licht, altersbedingt.«

Anita nickte zufrieden.

»Und wem gehört das Haus, in dem Sie wohnen?« erkundigte sich Hofbauer.

»Meinem Mann und mir, glaube ich.«

»Wer erbt es?«

»Ich, vermutlich.«

»Hat Ihr Mann eine Lebensversicherung abgeschlossen?«

»Keine Ahnung.«

Sie lehnten sich zurück, mußten Frau Kalduweits Unwissenheit erst einmal verdauen.

»Wir werden das überprüfen.« Mehr als die schon hundertmal gesprochene Floskel fiel Hofbauer im Augenblick nicht ein. Er erhob sich. »Aber die Namen Ihres Ensembles kennen Sie?« Er bemühte sich, nicht unhöflich zu sein.

»Natürlich.«

»Kann ich davon eine Liste haben?«

»Wenn Sie wollen.«

Sie ging zu dem Tisch, der neben dem Eingang stand, und drückte Hofbauer und Anita ein Programm in die Hand.

»Wo waren Sie gestern abend ab 20 Uhr?«

»Das habe ich Ihnen doch schon erzählt. Ich war hier unten.«

»Wie lange?«

»Keine Ahnung.«

»Alleine?«

Sie setzte sich wieder auf den Hocker. *»Spielen Sie Golf?«*

»Wie bitte?«

»Sie spielen wohl nicht Golf, was?«

»Jetzt ist sie komplett übergeschnappt!« Anita wollte flüstern, aber die Worte kamen doch laut und unüberhörbar.

Frau Kalduweit lächelte. »Das ist unser Kennwort. Sir George fragt Mutter Batley, ob sie Golf spielen kann. Eine der stärksten Szenen in unserem Stück.«

Hofbauer wußte nicht, ob er sich ärgern oder sich amüsieren sollte. Nach einigem Zögern entschied er sich für letzteres. Er war unter die Schauspieler geraten, da mußte er sich noch auf einiges gefaßt machen.

»Sie waren also alleine hier unten?« fragte er noch einmal.

»Ja, schon«, sie zierte sich wie ein Schulmädchen, »ich meine, nicht ganz ...«

»Was soll das heißen?«

»Sie müssen das verstehen ...«

»Geht's nicht etwas deutlicher?«

Ihre Stimme sank zu einem Flüstern herab. »Wenn Sie's unbedingt wissen wollen: Tiffy war mit dabei. Aber alles durchaus ehrenvoll, absolut harmlos, nicht daß Sie denken ...«

»Ich denke vorerst gar nichts!« sagte Hofbauer.

»Und was spielt dieser Tiffy?« wollte Anita wissen.

»Er ist Beleuchter. Und Mädchen für alles, so könnte man es nennen.« Emmy Kalduweit nestelte eine ihrer filterlosen Zigaretten aus ihrem Hosenanzug. Sie zündete sie an, blies den Rauch zur Decke. »Rauchen ist eigentlich verboten hier unten«, sagte sie. »Aber wie heißt es so schön? Ausnahmen bestätigen die Regel.«

Hofbauer stieg auf die kleine Bühne und postierte sich der rauchenden Unschuld direkt gegenüber. Der Nebel kitzelte seine Nase, er erinnerte ihn unangenehm an die Zigarillos des Kollegen Lichtlein. Er knurrte: »Und welche Rolle spielte Ihr Mann?«

Die Witwe antwortete, ihr Mann sei der Regisseur gewesen, leider. Er habe sich das nicht nehmen lassen, habe zuweilen einen gewaltigen Dickkopf gehabt. Mit ihren Händen zeigte sie, wie groß der Dickkopf gewesen war. »Außerdem«, sie brach in ein bissiges Gelächter aus, »außerdem war er in Ines verknallt.« Sie deutete auf den Zettel, den Hofbauer in der Hand hielt. »Ines Gabor. Unsere jugendliche Naive.«

Hofbauer begab sich wieder ins Parkett. »Gut!« nickte er. »Sie haben also ein Alibi. Wenn man davon ausgeht, daß Tiffy, Ihr Mädchen für alles, Ihre Aussage bestätigt. Und daß Sie beide nicht lügen.«

Frau Kalduweit riß die Augen auf, wobei niemand sagen konnte, ob es Natur war, was sie darbot, oder Schauspielerei. »Ja glauben Sie denn, *ich* hätte meinen Mann umgebracht?« Sie schnippte die Asche auf den Boden. »Meinen Sie, *ich* hätte ihn erwürgt? Nach über dreißig Jahren Ehe?«

Hofbauer unterließ es, sie auf ihre Worte vom vergangenen Nachmittag hinzuweisen. »Wann haben Sie die nächste Probe?« fragte er statt dessen.

Ihre Antwort überraschte ihn. »Heute abend, 20 Uhr. Wir haben ab heute jeden Tag Probe. In einer Woche ist Premiere. In der Black Box der Philharmonie, wie immer.« Ihr Stolz war wieder einmal nicht zu überhören, er übertönte sogar ihren echten oder auch unechten Grimm.

»Sie machen also ungerührt weiter?« fragte Hofbauer. Er faltete den Programmzettel zusammen und steckte ihn in die Jackentasche.

Die Kalduweit warf die Zigarette auf den Boden, trat sie mit einer energischen Drehbewegung aus. »The games must go on«, ihr Englisch klang perfekt, »die Spiele gehen weiter! Zirkus ist Zirkus!«

Fragt sich nur, wer den Clown spielt, überlegte Hofbauer. Laut sagte er, sie würden mit dabei sein, heute abend, 20 Uhr. Er zog den Zettel noch einmal aus der Tasche, überflog die Namen. »Ich möchte Ihre Truppe zu gerne einmal in voller Aktion erleben!« Er wandte sich zur Tür.

»Auch ich kann es kaum erwarten«, bekannte Anita mit todernstem Gesicht.

Die Prinzipalin stieg von ihrem Hocker und brachte die Besucher wieder ans Tageslicht zurück. Als sie sich verabschiedeten, fragte sie: »Glauben Sie, daß einer von uns«, sie stockte, »das Schreckliche getan hat?«

Hofbauers Antwort ging unter im Lärm eines Rasenmähers, den der Nachbar zur Rechten angeworfen hatte. Frau Kalduweit hielt sich die Ohren zu und verschwand erschrocken im Haus.

»Sie will es gar nicht wissen«, sagte der Kommissar.

Sie speisten im Mi casa – su casa, das Lokal lag in der Planegger Bahnhofstraße, es war gut besucht, man konnte sogar oben, im ersten Stock, im Freien sitzen. Sie blieben aber trotzdem drinnen, weil Anitas Lochjacke dem kühlen Maiabend nicht gewachsen war.

Hofbauer genehmigte sich ein zartes Steak, dazu Rucolasalat an Schafkäse. Zusammen mit einem kräftigen Pils. Sein Magen hatte sich den ganzen Tag über recht vernünftig gezeigt. Anita orderte wie immer nur einen Frühlingssalat.

»Die Kollegen von der Station sechs haben bis jetzt nichts gefunden«, bedauerte Hofbauer, nachdem er das Steak in Angriff genommen hatte. »Kein einziges Fädchen.«

»Was halten Sie von unserer Theaterdirektorin?« wollte Anita wissen.

»Sie ist nicht unbedingt eine Frau fürs Leben«, gab Hofbauer zurück.

»Sie ist Schauspielerin.«

»Mit einem, sagen wir, interessanten Alibi.« Hofbauer nahm einen tiefen Schluck. Laut sinnierte er darüber nach, warum es bei einem bayrischen Italiener preußisches Bier zu trinken gab.

»Was hast du mit 16 Jahren gemacht?« fragte er ohne Übergang.

Anita spießte eine Minitomate auf ihre Gabel. »Ich bin auf dem Sofa gelegen und fand die Welt dumm und öde«, gab sie offen zu.

»Wie lange hat das gedauert?«

»Wenn Sie meine Mama fragen, zu lange.«

Den Rest des Abendessens nahmen sie schweigend ein.

Als der Kellner abgetragen hatte, legte Hofbauer den Theaterzettel, den ihm die Kalduweit gegeben hatte, auf den Tisch. Sie betrachteten ihn gemeinsam.

Die fremde Stadt
von John Priestley
Ein Spiel in drei Aufzügen

Personen
Joe: Jockl Temsch
Alice: Ines Gabor
Lady Loxfield: Amalie Gallwein
Philippa, ihre Tochter: Karin Möhl
Malcolm: Paul Grollberger
Dorothy, seine Frau: Emmy Kalduweit
Herr Cudworth: Michael Bernold
Sir George: Ludwig Gäubel
Mutter Batley: Heidi Müller

Regie: Siegmund Kalduweit
Lichteffekte: Tiffy Bahlke
Souffleuse: Gertrud Finkenzeller

»Die Programme können sie vernichten«, sagte Anita und trank den letzten Schluck ihrer Cola. »Siegmund ist tot. Sie brauchen einen neuen Regisseur.«

»Vielleicht sind sie ganz froh, den alten Knacker loszusein«, vermutete Hofbauer. »Er war gräßlich unbegabt, zumindest hat das seine Frau behauptet.«

»Und wir armen Schlucker müssen ... Moment mal«, Anita begann zu zählen. »Wir müssen insgesamt elf Alibis überprüfen, einschließlich Souffleuse.«

»Wir werden um eine Gehaltserhöhung eingeben.«

»Und den Kollegen Lichtlein hinzuziehen.«

»Beherrsch dich!«

Das Handy riß sie aus ihren Gedanken. Hofbauer nahm ab. Dann legte er das Handy auf den Tisch. »Sie haben die Sonnenbrille«, sagte er. »Sie lag neben der kleinen Brücke beim Steinkirchener Kircherl. Du weißt, wo das liegt?«

«Nein!«

»Kurz vor dem Ortsschild Gräfelfing, zwischen Georgen- und Pasingerstraße.«

»Anita, ich gratuliere dir«, rief Anita. »Da hast du mal wieder bezaubernd richtig getippt, zumindest sonnenbrillenmäßig. Finden Sie nicht auch, Chef?«

»Eins zu null für dich«, murmelte Hofbauer.

Nach genau drei Minuten waren sie an der kleinen Brücke angekommen. Lederer und Zinner standen da und warteten. Die anderen Landpolizisten, so erfuhren sie, waren schon wieder anderswo auf Achse.

Die Brille steckte bereits in der üblichen Plastiktüte, man hatte sie am linken Ufer gefunden, neben einer Parkbank. Eines der beiden Gläser war zersprungen. Die Würm war an dieser Stelle zwar höchstens einen Meter tief, aber reißend und schnell.

»Keine weiteren Spuren?« fragte Hofbauer.

Lederer schüttelte den Kopf. »Jede Menge Fußabdrücke. Alle total durcheinander. Da ist nichts zu machen.«

»Und die Uhr?«

»Fehlanzeige!«

»Es ist aber trotzdem denkbar, daß der Alte hier gesessen hat.«

»Wenn die Brille wirklich ihm gehört hat, ja.«

Ein Auto hielt an der Straßenseite, und ein geschäftig mit dem Notizblock wedelnder Mann stieg aus. »Hallo, Servus!« rief er schon von Weitem. »Da komm ich ja grade zur rechten Zeit!«

»Bodo Klotz!« seufzte Hofbauer. »Von der Würmtal-SZ. Ein Hoch auf die lokale Presse!«

Der Reporter grüßte leutselig in alle Richtungen. »Schon was Neues ausgeknobelt?« Er wetzte seinen Kugelschreiber. »Schon eine heiße Spur entdeckt?«

»Der Täter sitzt bereits in der Todeszelle.« Hofbauer bemühte sich, das passende Gesicht zu machen.

Bodo Klotz grinste. »Na, dann erzählen Sie mir mal ein bisserl was! Hat der Mörder gestanden?«

»Quatsch!«

Sie zeigten ihm die kaputte Sonnenbrille, zeigten ihm auch, wo man sie gefunden hatte, mehr ließen sie sich nicht aus der Nase ziehen.

»Kalduweit wurde also hier ins Wasser gestoßen?«

»Möglich.«

»Vielleicht von seiner Frau?«

»Wie kommen Sie denn auf diesen Mist?«

Klotz lachte vergnügt. Er sagte, er sei inzwischen auch nicht untätig geblieben. Es gebe ja die segensreiche Erfindung des Telefons. Ob die beiden Kriminaler schon einmal an den Skatclub bei Heide Volm gedacht hätten? Der Alte sei dort Mitglied gewesen. Die Leute dort hätten ihm allerhand über eine gewisse Madame K. erzählt. Er fragte, ob man eine Fotografie der Sonnenbrille machen dürfe. Und ein Foto der allgegenwärtigen Kripo.

»Wir haben noch was zu erledigen«, gab Hofbauer zur Antwort.

»Es dauert net lang!«

»Laß uns in Ruh!«

Aber Klotz war hartnäckig. Er brabbelte in sein Handy, und nach nicht einmal drei Minuten war der Kollege mit der Kamera da. Er habe glücklicherweise sowieso gerade in der Gegend zu tun gehabt, sagte er. »Guten Abend! Süß ist mein Name.« Mit gewohnter Routine betrachtete er seine Opfer durch den Apparat. Er plazierte die beiden Polizisten links und rechts neben Hofbauer und Anita, forderte sie auf, zu lächeln, was einigermaßen gut gelang. Anschließend fotografierte er die Sonnenbrille.

»Ich schreibe einen Kommentar«, verkündete Klotz. »Einen sachlichen Bericht und einen persönlichen Kommentar. Schließlich bin ich kein journalistischer Eunuch.«

Der Fotograf Süß lächelte sauer.

Hofbauer sagte, er müsse nun leider verschwinden. Er verstaute die Brille in seiner Jackentasche, murmelte einen Gruß und setzte sich ins Auto. Anita folgte ihm.

»Ich bin bekannt für meine Kommentare«, rief Klotz ihnen nach.

Zinner und Lederer setzten ihr Dienstmützen auf.

»Machma Brotzeit?« schlug der Fotograf vor.

Aber die beiden Polizisten hatten keine Lust. Und der Reporter war schon unterwegs zu seinem Computer.

»Dann halt net«, murmelte der Fotograf.

Um zehn nach acht standen sie vor der offenen Tür des Hauses Am Waldrand Nummer 14.

Neugierig gingen sie nach unten in den Keller. Die Direktorin saß einsam auf dem Holzpflock und rauchte. Sie sah aus, als hätte sie sich seit über 24 Stunden nicht fortbewegt.

»Ich dachte schon, wir kommen zu spät«, rief Hofbauer.

»Pünktlichkeit war noch nie eine Zierde unseres Vereins«, antwortete die Kalduweit.

»Hat diese Brille Ihrem Mann gehört?« Der Kommissar zog die Plastiktüte aus seiner Tasche.

»Ja!« Die Antwort kam schnell.

»Dann wissen wir, wo Ihr Mann ins Wasser gestoßen wurde. Unten, beim kleinen Steinkirchener Kircherl.«

»Er ist nie dort gewesen.«

»Da täuscht man sich oft!«

Die Kalduweit gab keine Antwort. Sie saß auf ihrem Holzpflock, ohne Reaktion auf Hofbauers Neuigkeiten. »Haben Sie das Stück gelesen?« wollte sie nach ein paar schweigsamen Minuten wissen.

»Wir hatten noch keine Zeit«, beeilte sich Anita zu sagen.

»Neun Leute finden sich vor einem verschlossenen Tor«, sie deutete auf die Rückwand der Bühne, vor der eine Art Mauer aufgebaut war. »Das ist die Ausgangssituation. Sie überlegen sich: Sollen wir reingehen oder nicht?«

»Und gehen sie?«

»Das ist lange Zeit die Frage. Wir stehen ja täglich vor solchen Entscheidungen.«

»Und wir entscheiden uns meistens falsch!« Ein junger Mann in Turnschuhen, Jeans und Polohemd hatte sich leisen Schrittes herbeigeschlichen.

»Das ist Tiffy! Unser neuer Regisseur!« Sie machte eine einladende Handbewegung, so, als wolle sie den jungen Mann auffordern, sich auf ihren Schoß zu setzen. Der junge Mann gab ihr einen Kuß auf den Mund, was trotz des nicht sehr üppigen Lichts in dem Kellerraum eine deutliche Röte auf ihren Wangen sichtbar werden ließ.

Er ging zu einem großen Kasten, aus dem allerlei Kabel heraushingen, und drückte auf ein paar Knöpfe. Die Bühne wurde unnatürlich hell. »Sie interessieren sich für unsere Arbeit?« rief Tiffy forsch. »Wir können immer gute Leute gebrauchen!« Er drehte an den Knöpfen herum, das Licht wurde dunkler und dann nicht mehr ganz so gleißend wie zuvor.

Hofbauer sagte, sie seien leider nur die Beamten von der Kripo.

Tiffys Antwort war ein wegwerfendes »Ach so!« Er besann sich, rückte ein paar Stühle zurecht, dann sagte er: »Wir können es immer noch nicht fassen. Siegmund war so überaus unentbehrlich für uns. Nicht wahr, Emmy?«

Die Witwe ließ ein Schluchzen hören, was Anita veranlaßte, einen amüsiert-boshaften Blick in Richtung Hofbauer zu senden.

Nach und nach erschienen die übrigen Schauspieler des TIK. Hofbauer erkannte sie alle wieder, es waren die Leute, die oben im Wohnzimmer aus den Bilderrahmen blickten. Sie umarmten die »arme Emmy«, boxten Tiffy in die Seite, setzten sich nach einigem Flüstern auf die Stühle, ohne Hofbauer und Anita auch nur zu beachten. Sie wirkten deprimiert, warfen aber zwischendurch immer wieder neugierige Blicke auf die Kalduweit, die als einzige oben auf der Bühne saß.

»Ich, äh ...« Tiffy trennte sich von seinem Kabelkasten und hockte sich auf den Bühnenrand. »Ich sollte vielleicht was erklären ...«

»Und wir sollten uns erst einmal vorstellen!« Hofbauer stand auf, nannte seinen und Anitas Namen und Beruf, und erklärte, warum sie am heutigen Abend mit dabeiwaren, und daß sie ein paar Fragen zu stellen hätten. Zunächst aber sollten sich die Damen und Herren nicht stören lassen. Er und seine Kollegin würden gerne ein wenig bei der Probe zuschauen, zu der man sich nun einmal, trotz allem, entschlossen habe. Er setzte sich wieder.

Tiffy bedankte sich artig, klatschte aufmunternd in die Hände. »Auf los geht's los!«

»Ich kann nicht!«

»Aber Amalie!« Die Kalduweit stieg von ihrem Thron herab und setzte sich neben die Gallwein, die als einzige einen Hut aufhatte, einen schwarzen Hut mit einem schwarzen Schleier.

»Ich kann heute nicht proben«, wisperte sie.

»Warum denn nicht?«

»Wegen Siegmund! Weil wir alles absagen müssen!« Sie betupfte ihre Augen mit einem Taschentuch.

»Das stimmt!« Ein Mann mit gepflegtem Bärtchen eilte zu den beiden Frauen.

»Das ist Gäubelchen«, erklärte die Kalduweit in Richtung Hofbauer. »Wie Sie sehen, ein perfekter Gentleman.«

»Alles absagen?« Die anderen Mitglieder des TIK waren nicht im geringsten einverstanden. Sie begannen eine hitzige Diskussion darüber, was zu tun sei und was nicht. Nur Ines Gabor, die »jugendliche Naive«, zog schon nach kurzer Zeit gelangweilt eine Illustrierte aus ihrer Leinentüte und fing an, darin herumzublättern.

Gäubelchen holte ein Glas Wasser, das die Gallwein aber verschmähte.

Eine Frau in einem zerschlissenem Kleid und einer Kittelschürze beugte sich zu Hofbauer hinab. »Ich heiß Heidi Müller. Ich spiel die Mutter Batley, ein altes Weib. Paßt prima zu mir.« Sie deutete mit dem Kopf auf ihre Kollegen. »Keine Angst! Die beruhigen sich schon wieder!« Wie die Hexe im Märchen schlurfte sie in ihre Ecke zurück.

Die beiden Kriminaler warteten geduldig auf das, was noch kommen sollte.

Zunächst einmal kam gar nichts außer ein paar matten Gesten von der Gallwein und einer Fortsetzung der Streiterei. Man widerte sich an, schimpfte und tobte, warf sich Fehler und Versäumnisse von voriger Woche und längst vergangener Zeiten um die Ohren. Sie schaukelten sich derart hoch, daß sie die beiden Gäste schlicht vergaßen.

Unvermutet, niemand wußte, woher, fielen die Worte: *»Spielen Sie Golf?«*

»Sie spielen wohl nicht Golf?« kam die Antwort.

Die Protagonisten des TIK hielten einen Augenblick inne, dann prusteten sie los. Sie lachten, umarmten sich, die Gallwein trank nun doch einen Schluck des Wassers, und Ines Gabor steckte die Illustrierte wieder in den Leinenbeutel zurück.

Tiffy stieg auf die Bühne. »Nun seid doch mal ruhig!«

»Spielen Sie Golf?«

»Ihr sollt ruhig sein!«

»Sie spielen wohl nicht Golf?«

»Silentium!«

Sie fanden nur zögernd ihre Fassung wieder.

»Freundinnen und Freunde!« Der Mann im Polohemd grinste aus allen Knopflöchern. »Unser Schlachtruf hat uns wieder einmal gerettet! Wie ihr alle wißt«, er knipste sein Grinsen aus, »haben wir den tragischen Tod unseres lieben Chefs zu betrauern. Er wurde«, seine Stimme klang pathetisch, »von eines feigen Mörders Hand dahingerafft.«

Die Witwe schluchzte.

»Siegmund war«, Tiffy zögerte, »ein feiner Kerl. Ohne Fehl und Tadel. Er war ...«, er unterbrach sich erneut. »Er hat uns erlaubt, hier in seinem Keller ... also, wir alle sollten in seinem Sinne, im Sinne unseres lieben Siegmund, nun ja ...« er schielte zur Witwe hinüber, »ich habe euch außerdem mitzuteilen, manche wissen es ja schon, daß ich ab sofort, ich habe mich entschlossen, daß ich ab jetzt«, er machte eine bedeutungsvolle Pause, »die Regie übernehme!«

Die Reaktion war betretenes Schweigen.

Der Mann mit dem gepflegten Schnurrbart stellte fest, daß Tiffy vom Regieführen keinen blassen Dunst habe. Ein etwas mickrig geratener Mensch, den sie Grollberger nannten, pflichtete ihm bei. Die anderen enthielten sich ihrer Stimme.

»Okay!« Der neue Regisseur sagte, nicht er, sondern der arme Siegmund sei blutiger Amateur gewesen. Er jedoch, Tiffy, besuche bekanntlich eine private Schauspielschule. »Und da geht's ans Eingemachte, Freunde!«

»Stimmt!« rief die Prinzipalin.

»Hat irgend jemand sonst noch was vorzubringen in Sachen Amateur oder Profi?« fragte Tiffy lauernd.

Der mickrig geratene Mensch rief: »Geschenkt! Aber ich möchte, wenn ich darf, den Vorschlag machen, endlich anzufangen. Wir sind noch lange nicht in Bestform!«

»Allerdings!« Tiffy nickte zustimmend. Er bat die Kolleginnen und Kollegen aufzustehen und die Stühle zur Seite zu stellen.

»Warum denn das?« fragte Heidi Müller, die Frau in der Kittelschürze.

»Weil wir ab heute *alle* wie Profis arbeiten!«

Es dauerte eine Weile, bis man Tiffys Anweisung nachgekommen war. Auch Hofbauer und Anita halfen mit, den Saal freizuräumen, sie beschlagnahmten nach getaner Arbeit zwei der Stühle und setzten sich wieder hin.

Dann sagte der frischgebackene Regisseur, die acteurs sollten sich im Gänsemarsch aufstellen und mit großen Schritten vorwärtsschreiten, dies diene der allgemeinen Auflockerung.

»Die Souffleuse auch?« erkundigte sich ein pausbäckiges, älteres Fräulein.

»Auch die Souffleuse!«

Nachdem man die Neuerung, zum Teil maulend, zum Teil kichernd hinter sich gebracht hatte, ordnete Tiffy an, nunmehr mit kleinen Schritten »Raum zu gewinnen«.

Auch diese Übung gelang einigermaßen reibungslos, obwohl die Kalduweit und Gäubelchen schon nach kurzer Zeit aufgaben und sich zu Hofbauer und Anita gesellten.

»Paßt auf!« Zufrieden rieb sich Tiffy die Hände. »Jetzt wird's spannend!«

»Allerdings!« Das war Hofbauer, der nicht mehr länger zuschauen konnte. Er sagte, er müsse nun leider unterbrechen und, wie üblich in einem Mordfall, ein paar Fragen stellen. Schließlich sei der Mörder Kalduweits noch keineswegs gefunden.

»Da hat er recht«, rief Gäubelchen.

Die Gallwein trank, Zustimmung flüsternd, ihr Wasser aus. Nur Tiffy gab durch sein Mienenspiel deutlich zu erkennen, daß er ganz und gar nicht einverstanden war.

»Nun«, Hofbauer betrachtete die bunte Mischung aus Alt und Jung, die da vor ihm stand, »wir müssen Sie einzeln befragen. Wie lange das dauert, hängt ganz allein von Ihnen ab.« Er erkundigte sich, ob die Wohnung oben frei wäre, und ob man zwei der zahlreichen Zimmer für ein Verhör zweckentfremden dürfe.

Die Kalduweit nickte, gab aber zu bedenken, es sei noch nicht aufgeräumt.

Hofbauer meinte, dies sei ihm egal. Er kramte den Theaterzettel aus seiner Jackentasche, kreuzte darauf diejenigen Namen an, die er übernehmen wollte und bat als ersten Kandidaten Tiffy zu sich. Was dieser mit einem spöttischen »Welche Ehre!« kommentierte.

Seine Kollegin, so erklärte Hofbauer, werde mit Frau Gabor beginnen.

Die vier wanderten nach oben, Tiffy mit betont gelangweiltem Gesicht, während Ines die ganze Angelegenheit ungemein lustig zu finden schien.

Hofbauer nahm im Wohnzimmer Platz, Anita zog sich mit Ines ins sogenannte Damenzimmer zurück.

»Herr Bahlke«, begann Hofbauer, »bitte setzen Sie sich. Ich möchte mich ein wenig mit Ihnen unterhalten.«

»Danke!« Tiffy zog einen Stuhl zu sich heran. »Ich habe allerdings nicht viel Zeit.«

»Ich schon.« Der Kommissar lehnte sich in seinem Sessel zurück. »Sie sind noch nicht lange bei der Gruppe?« fragte er.

»Doch, doch! Schon über drei Jahre.«

»Gefällt's Ihnen?«

»Klar!«

»Macht viel Arbeit, so ein Theaterchen, nicht wahr?«

»Wie man's nimmt.«

Hofbauer faßte sein Gegenüber scharf ins Auge. »Wo waren Sie am Samstagabend?«

»Unten im TIK. Ich habe ein paar Szenen geprobt, zusammen mit Frau Kalduweit. Lichteffekte ausprobiert und so weiter.«

»Wie lange haben Sie denn geprobt?«

»Keine Ahnung. Bis elf? Bis zwölf? Ich weiß es nicht mehr.«

Hofbauer betrachtete den jungen Mann, sein nicht sehr angenehmes, machoartiges Gehabe. Trotzdem war er fast beeindruckt von seiner zur Schau gestellten Gelassenheit. Aber eben nur fast. Er fragte: »Könnte es sein, daß Sie mit Emmy Kalduweit ein Verhältnis haben?«

Bahlke grinste. »In welchem Jahrhundert hüpfen Sie denn herum, Herr Kommissar?« Er war keineswegs böse. »Ich schlafe hin und wieder mit der guten Emmy, weil's mir Spaß macht. Aber ein Verhältnis? Wir leben doch nicht mehr in der Zeit eines Theodor Fontane!«

»Das ist mir leidlich bekannt.« Hofbauer beschloß, an Tempo zuzulegen. Er war nicht im geringsten dazu aufgelegt, sich von dem jungen Schnösel vorführen zu lassen. »Sie wollten Regisseur werden«, sagte er, »hier im TIK. Genau das haben Sie ja jetzt erreicht.«

Tiffy sprang auf, sehr theatralisch, breitete die Arme auseinander. »Ich kann Ihnen nicht widersprechen!« Die Arme sanken wieder nach unten. »Aber leider«, er beugte sich zu Hofbauer hinab, »leider hat Ihre Theorie einen klitzekleinen Haken: Ich habe Siegmund nicht umgebracht. Mein Gewissen ist rein, so rein wie«, Tiffy lachte, »wie das einer Jungfrau aus Fontanes Zeiten!« Er wandte sich zur Tür. »Kalduweit kaltmachen? Nur um Regisseur zu spielen? Nee! Nicht mit der ollen Bahlke ihrem Sohn! Da müssen Sie schon andere Leute fragen!«

»Wen zum Beispiel?«

»Den Nikolaus!«

Gleichmütig zog Hofbauer die Plastiktüte mit der Sonnenbrille aus der Tasche. Hob sie hoch. »Kennen Sie die?«

Tiffy sah kaum hin. »Nein! Wem gehört sie?«

»Kalduweit.«

»Ach!« Mehr sagte er nicht dazu.

»Und die kleine Brücke in Steinkirchen? Sie waren nicht zufällig am vergangenen Samstag dort?«

»Nee!«

»So um 23 Uhr?«

»Nein!«

»Auch keine Uhr gefunden, so nebenbei?«

»Keine Sonnenbrille, keine Uhr, keine Leiche! Hier stehe ich, ich kann nicht anders! Amen!« Er verschwand, ohne Applaus abzuwarten. Aber er genehmigte sich eine Zugabe. Er kehrte zurück und fragte: »Who's next?«

»Frau Gallwein«, sagte Hofbauer, besann sich kurz, und bat Tiffy noch einmal zu sich. »Wir sind noch lange nicht fertig«, brummte er. »Auch wenn's schwerfällt. Warum haben Sie's denn so eilig? Sie sind doch unschuldig, Sie behaupten es zumindest. Da können wir doch noch stundenlang miteinander plaudern.«

Ungeduldig setzte sich Tiffy wieder auf seinen Stuhl. Er knurrte: »Ich muß wieder nach oben. In acht Tagen ist Premiere, auch wenn uns allen nicht danach zumute ist. Aber gar nichts klappt. Die Übergänge, verstehen Sie, die Übergänge zwischen den einzelnen Szenen. Katastrophal!«

»Davon verstehe ich nichts!«

»Und die Sprache. Die Leute haben keinen Dunst von Sprache.«

Er sprang auf und rezitierte:

»Barbara saß nah am Abhang,
sprach gar sangbar – zaghaft langsam;
mannhaft kam alsdann am Waldrand
Abraham a Santa Clara!«

Er setzte sich wieder. »Haben wir in der Schauspielschule gelernt. Die Stimmbänder! Die Resonanzfülle des Brustklanges! Davon hatte unser Tattergreis nicht die geringste Ahnung!«

»Aber Regie führen! Das hat Sie doch enorm geärgert!«

Tiffy lächelte. »Ich fall nicht drauf rein«, sagte er. »Jetzt muß ich aber wirklich wieder hoch. Wir müssen proben. Auch wenn Sie uns mit Ihrer Fragerei noch so sehr dazwischenfunken!« Er warf sich ein Pfefferminzbonbon in den Mund, dann war er verschwunden.

Amalie Gallwein trug ihren Hut mit Würde. Sie hatte den Schleier gehoben, so daß man ihre Augen gut erkennen konnte. Sie wirkten etwas müde, aber voller Neugier. Ohne Hofbauers Fragen abzuwarten, gab sie bekannt, sie habe ihr schauspielerisches Können in der berühmten Falckenberg-Schule erlernt. Nicht in irgendeiner »Privatklitsche«, wie manche andere, die sich weiß der Himmel alles mögliche darauf einbildeten.

»Meinen Sie Ihren Kollegen Herrn Bahlke?« fragte Hofbauer belustigt.

Aber die Gallwein gab darauf keine Antwort, wie sie überhaupt, mit Ausnahme ihres anfänglichen Statements, wenig redete. Sie erklärte kurz, sie fände es absurd, überhaupt eine Aussage machen zu müssen. Sie sei in Stuttgart gewesen, bis Sonntagmittag. Und ob der Herr Kommissar tatsächlich glaube, sie, Amalie Gallwein, habe den armen Trottel ins Wasser gestoßen?

»Wieso armer Trottel?« wollte Hofbauer wissen.

Ein Achselzucken war die Antwort.

»Besitzen Sie eine Uhr?« fragte Hofbauer, nur um überhaupt etwas zu fragen.

»Ich besitze eine Kuckucksuhr«, erwiderte die Gallwein, »aber die trägt man bekanntlich nicht am Handgelenk.«

»Und die Fahrkarte haben Sie natürlich noch, von Ihrer Reise nach Stuttgart?«

Ein Kopfschütteln, mehr war nicht drin.

»Es wäre gut, wenn jemand bezeugen könnte, daß Sie dort waren.«

»Rufen Sie meine Tochter an!« Sie nestelte eine Visitenkarte aus ihrer Tasche, legte sie auf den Tisch. »Meine Tochter ist Logopädin. Ein prachtvolles Kind!«

»Wir werden das prüfen.« Hofbauer schob den Sessel zurück. »Ich danke Ihnen! Sie haben mir, nun ja, viel geholfen.«

Sie zog den Schleier über ihr Antlitz, reichte Hofbauer die Hand. »Armer Trottel«, wiederholte sie. »Wissen Sie, wieso?«

»Nein.«

»Seine Frau betrügt ihn nach Strich und Faden! Seit Jahren. Da ist es gut, daß er sich aus dem Staub gemacht hat. So oder so.«

»Mit wem betrügt sie ihn denn?«

»Woher soll ich das wissen?« Damit erklärte die Gallwein das Gespräch für beendet.

»Ich schicke Ihnen unseren Sir George«, sagte sie im Hinausgehen. »Er hat mit Siegmund ab und zu Schach gespielt. Vielleicht hat Gäubelchen den Ärmsten umgebracht?« Mit einem Kichern schwebte sie nach unten.

Hofbauer ging suchend umher, fand die Küche und ließ Wasser in einen Becher laufen. Er sah kurz ins Damenzimmer. Dort saß Anita immer noch mit Ines Gabor ins Gespräch vertieft. Ein kurzer Blick, ein unmerkliches Kopfschütteln seiner Kollegin, dann zog sich Hofbauer wieder hinter seinen großen Tisch zurück.

Im Wohnzimmer stand Ludwig Gäubel, den gepflegten Schnurrbart in einem der vielen Alben versteckt.

»Guten Abend!«

Der Mann, der den Sir George spielte, tat so, als würde er Hofbauer zum erstenmal sehen. Er klappte das Album zusammen, verstaute es wieder im Schrank. »Schönes Hobby, Postkarten sammeln«, sagte er. »Angenehm, Ludwig Gäubel, 76 Jahre alt. Was kann ich für Sie tun?«

Hofbauer stellte den Becher auf den Tisch. »Was Sie für mich tun können? Die Wahrheit sagen, nichts als die Wahrheit.«

»Kein Problem.«

»Aber, so nehmen Sie doch Platz!«

»Danke verbindlichst.«

Hofbauer ließ ein paar Momente verstreichen, ohne daß Gäubel dies sonderlich störte. »Sie haben mit Kalduweit Schach gespielt?« begann er endlich.

»Hin und wieder. Er spielte recht ordentlich. Konnte auch gut verlieren, ohne gleich beleidigt zu sein, wenn Sie wissen, was ich meine.«

»Natürlich.« Hofbauer mußte an Bastian denken. Wie oft hatte er versucht, seinem Sohn Halma beizubringen und später auch Schach, und wie oft hatte der Junge das Brett samt den Figuren in die Luft geschleudert, wenn er verloren hatte. Auch später, in der Fußballmannschaft, war Bastian von den Schiedsrichtern mehrmals vom Feld geschickt worden, weil er sich nicht beherrschen konnte und wüst jedermann beschimpfte, wenn das Match in die Binsen ging. Bis er dann die Fußballschuhe endgültig in die Ecke schmiß und sich entschloß, nur noch herumzugammeln.

»Entschuldigung.« Hofbauer fühlte den forschenden Blick seines Gegenübers, er setzte sich kerzengerade auf seinen Stuhl. »Wo waren wir stehengeblieben?«

»Beim Schach.«

»Natürlich.« Hofbauer nahm den Becher, stellte fest, daß er leer war, stellte ihn auf den Tisch zurück. Er verscheuchte die Gedanken an seinen Sohn, stopfte sie in eine der halbwegs freien Schubladen in seinem Gehirn und konzentrierte sich wieder auf Sir George alias Ludwig Gäubel alias Gäubelchen. Es war Zeit, zur Sache zu kommen.

»Sie sind Rentner, nehme ich an?« begann Hofbauer.

»Seit über zehn Jahren.«

»Wo waren Sie am Samstagabend?«

»Zu Hause. Wir hatten bekanntlich Freinacht, da geht man in meinem Alter nicht mehr so gern auf die Straße.«

»Hamma Zeugen?«

Gäubel beklopfte seinen gepflegten Schnurrbart. »Ich hatte einen Herzanfall, gegen zehn oder elf Uhr, ich weiß es nicht mehr so genau. Mein Hausarzt war da, Sie können ihn fragen.«

Hofbauer nickte. Er erinnerte sich an die Aussagen von Frau Kalduweit, in denen schon einmal von den Herzattacken die Rede war. »Sie sollten mir die Adresse Ihres Hausarztes aufschreiben«, sagte er. Er riß einen Zettel aus seinem Notizblock und reichte ihn hinüber, zusammen mit seinem Bleistift.

Der Mann mit der gepflegten Frisur kritzelte etwas auf den Block und gab ihn dem Kommissar. Den Bleistift behielt er in der Hand.

»Wir haben ja früher auch Blödsinn gemacht«, erzählte er. »Wir haben Äpfel gestohlen. Und die Klingelknöpfe an den Häusern mit Kitt festgeklebt. Dann hat's stundenlang gescheppert!« Er lächelte in wonniger Erinnerung. »Aber wir sind nicht rumgezogen und haben die Leute angepöbelt. Wir haben zu viel erlebt, nach dem Krieg. Wir waren zäh! Und jetzt sind wir ausgelaugt, Herr Kommissar.« Er senkte seine Stimme. »Ich bin alt. Ich lebe alleine. Was kann mir noch passieren? Ich werde demnächst sterben, das ist alles.«

»Sie haben doch bestimmt noch zwanzig Jahre vor sich!«

»Unsinn! Das Beste ist, es geht ganz schnell, wenn es mal so weit sein sollte. Das wünschen wir uns doch alle, nicht wahr?«

Hofbauer war auf diesen Zickzackkurs in Richtung Sterben nicht vorbereitet. Der Tod gehörte zu seinem Beruf, zugegeben, er war Routine geworden. Aber er traf immer die anderen, er traf Leute, die er nicht kannte. Über den eigenen Tod nachzudenken hatte Hofbauer nicht gelernt. Er war auch nicht bereit, es zu lernen. Noch nicht.

Bastian baute Blödsinn, und Odysseus hatte ihn nach Griechenland eingeladen. Und Anita war eine reizvolle Mitarbeiterin. Das klang nicht nach Tod und Sarg und Friedhof. Verdammt nochmal! Er würde noch Tausende von Honigbrezeln vertilgen.

»Ich habe mal versucht, im Hier und Jetzt zu leben«, unterbrach Gäubel Hofbauers Gedanken. »Aber es ist mir nicht gelungen. Meine grauen Zellen eilen mir immer voraus, soweit sie noch vorhanden sind.« Er betrachtete das große Bild, das ihm gegenüber an der Wand hing. »Ines ist ein schönes Kind«, sagte er, »das kann niemand bestreiten.«

Hofbauer drehte sich um. Ines Gabor leuchtete ihm entgegen, im Glanz ihrer strahlenden Augen.

»Sind Sie in die Gabor verknallt?«

»In unsere Alice? Alle sind in sie verknallt!«

»Sie auch?«

Gäubel spielte Theater. Er zwirbelte seinen Schnurrbart, rückte sich die Fliege zurecht, war ganz Kavalier. *»Entschuldigen Sie, schöne Alice, ich möchte Ihnen die Geschichte von Buster Clayhorn erzählen. Sie kennen ihn sicher, wissen Sie, der die Blauen kommandierte ...«*

»Paßt gut zu Ihnen, Frau Kalduweit hat da schon recht.«

»Hat sie von mir gesprochen?«

»Sie hat Sie erwähnt.«

»Köstlich!«

Hofbauer stand auf. Er sagte: »Sie halten sich bereit für eventuelle weitere Ermittlungen, wenn ich bitten darf?«

»Zu Ihrer Verfügung.«

Die folgenden Fragen waren nur scheinbar Routine: »Können Sie sich vorstellen, daß Bahlke Herrn Kalduweit erwürgt hat?«

»Niemals!«

»Kennen Sie diese Sonnenbrille?«

»Nein.«

»Aber die kleine Kirche, am Ortseingang von Gräfelfing?«

»Selbstverständlich. Jedes Kind kennt sie. Und den uralten Friedhof daneben auch.«

»Meinen Bleistift, bitte!«

»Wie?« Gäubel betrachtete den Kommissar, dann sich selbst, dann stellte er fest, daß er noch immer Hofbauers Stift in der Hand hielt. »Tut mir unendlich leid!«

Der Stift wechselte seinen Besitzer.

»Macht ja nix.«

»Alzheimer läßt grüßen.«

»Sowas dürfen Sie nicht sagen!«

Hofbauer war froh, diesen Sir George erst einmal los zu sein. Er wunderte sich, wie der alte Herr mit seinem Text zurande kam. Vergaß er die Hälfte? Oder hatte er sich irgendeinen Trick ausgeknobelt?

Sir George stand vor ihm, mit ausgebeulten Kordhosen, zerknittertem Hemd, adeliger Nase.

»Schicken Sie mir bitte Frau Müller nach oben.«

»Wird gemacht!« Mit einem selbstzufriedenen Lächeln um die Mundwinkel zog sich Gäubel zurück.

Erschöpft setzte sich Hofbauer in einen Schaukelstuhl, der in der Ecke stand. Es war kurz vor zehn, er sehnte sich nach einem kühlen Pils und ein paar freundlichen Worten. Aber beides war nicht zu haben in Emmy Kalduweits Edelsuite.

Heidi Müller keuchte die Treppe hinauf, mit einer Kittelschürze um den Bauch und mit einer Kittelschürze im Kopf.

»Ich spiele die Mutter Batley«, sagte sie. »Ich bin die einzige, die durch das große Tor geht, fast die einzige, Philippa geht noch mit, ich meine, Karin Möhl, Sie werden sie ja kennenlernen.« Sie sagte, die Rolle der Mutter Batley sei ihr auf den Leib geschrieben. Sie nannte Kalduweit einen »feinen alten Herrn« und Tiffy den »Hengst im Karpfenteich«. Aber Tiffy sei lieb und harmlos. Mittendrin stand sie auf und begann, das Bücherregal abzustauben. »Ich gehe durch das Tor«, sagte sie, »in die Stadt meiner Träume«. Sie hielt das Staubtuch in ihren Händen, sah über Hofbauer hinweg, auf einen unsichtbaren Punkt an der Wand. »Ich stehe vor dem Tor«, erklärte sie, »ich drehe mich noch einmal um. Und dann erzähle ich, was ich erlebt habe, bei meinem ersten Besuch in der Stadt:

»Ich hab ihnen gesagt, daß sie mir nur angeben sollen, was ich tun soll. Da haben sie Dankeschön gesagt und haben gesagt, ich wäre ja nun auch nicht mehr so jung, und mit der schweren Arbeit sollte ich nun mal aufhören. Und dann haben sie mir ein hübsches Zimmer gegeben, ganz für mich allein. Ich hab zuerst geglaubt, daß ich träume. Aber das ist nicht geträumt, das ist alles Wirklichkeit!«

Sie schwieg einen Augenblick.

Hofbauer starrte sie an, und zum ersten Mal wurde ihm bewußt, daß die Frau, die da vor ihm stand, eine passable, wenn nicht sogar gute Schauspielerin war. Zumindest in diesen wenigen Sätzen, in dem Stück, das er noch nicht gelesen hatte.

»Ich nicke, lächle, und gehe dann ganz ruhig zurück in die Stadt«, erklärte Heidi Müller.

Hofbauer räusperte sich. Er zögerte, fragte dann: »Sind Sie Schauspielerin? Professionell?«

Sie schüttelte belustigt den Kopf. »Ich war mal Rundfunksprecherin. Aber nur kurze Zeit. Dann ist mein Mann krank geworden, Krebs, war nicht einfach für uns beide.«

»Aber diese Szene da eben ...«

»War gar nicht so toll.«

»Da bin ich anderer Meinung.«

»Es ist alles ganz einfach: Das wenige, was ich kann, hat mir der liebe Gott geschenkt.«

»Ja, wenn das so ist ...« Hofbauer blätterte in seinem Notizbuch, suchte einen Anschluß an die einfachen Worte der Frau in der Kittelschürze. Die Fragen, die er noch zu stellen hatte, kamen ihm banal und albern vor.

Heidi Müller fand überhaupt nichts dabei. Sie sei Gründungsmitglied des TIK, sagte sie, habe seinerzeit eine Anzeige im Informationsblatt gelesen und sei dann dazugestoßen. Kalduweits sogenannte Regie nannte sie »lustig und ahnungslos«. »Wir haben uns unsere Interpretationen oder wie das heißt selber beigebracht«, sagte sie. Die Gruppe sei über das, was geschehen war, entsetzt und sprachlos. Sie selbst sei während der Tatzeit zu Hause gewesen und habe Fernsehen geguckt. »Irgendwas mit Tommy Gottschalk. Ein junger Mann hat mit verbundenen Augen an Buntstiften gerochen. Warum, weiß ich nicht.«

»Und nach dem Fernsehen?«

»Bin ich eingeschlafen. Um eins bin ich endgültig ins Bett gegangen.«

Ob der Kommissar schon einmal die Skatrunde befragt habe, zu der Kalduweit jeden Dienstagabend gelaufen sei? Und ob sie jetzt wieder zu ihren Kollegen gehen dürfe?

Der Kommissar hatte die Skatrunde noch nicht befragt. Der Kommissar hatte die Nase voll von unschuldigen Schauspielern.

Er entließ Frau Müller und ging rüber zu Anita. Die war im Gespräch mit Michael Bernold, der im Stück den Herrn Cudworth spielte. Er war der letzte aus Anitas Gruppe.

Bernold betrieb mit seiner Frau einen florierenden Handel mit Bio-Gemüse, Bio-Schweinefleisch und anderen Artikeln, in denen das Wort Bio eine wichtige Rolle spielte. Ansonsten, so sagte er, sei er beschäftigt mit dem Stampfen von Sauerkraut. Am Wochenende war er in Niederbayern, um Bio-Bier einzukaufen. Er nannte Namen und Adresse.

»Siegmund war ein netter Kerl«, sagte er. »Wenn man ihn zu nehmen wußte, war er recht passabel.«

»Und wenn nicht?« fragte Anita.

»Konnte er pingelig sein.«

»Wie hat sich das geäußert?«

Bernold überlegte. »Er hat gedroht, uns rauszuschmeißen.«

»Aus dem TIK?«

»Natürlich. Das Haus gehörte ihm. Er hatte uns in der Hand. Aber Ines hat das dann wieder hingebogen, auf ihre ganz spezielle Art.«

»Und wie war diese ganz spezielle Art?«

Darauf gab Bernold keine Antwort.

Anita bedankte sich und sagte, das Gespräch sei beendet. Sie gingen noch einmal in den Keller, um sich zu verabschieden.

Tiffy war damit beschäftigt, seinen Schäfchen *Abraham a Santa Clara* einzupauken, aber seine Schüler waren unkonzentriert und wenig begeistert. Die Souffleuse stritt sich mit der Gallwein um einen Einsatz, den sie angeblich falsch gegeben hatte. Ines Gabor, stellte Hofbauer fest, war schon nach Hause gegangen.

Frau Kalduweit fragte spitz, ob sie den Mörder schon gefaßt hätten.

»Noch nicht«, brummte Hofbauer. Aber er und Anita hätten wichtige Hinweise erhalten. Was die Kalduweit mit einem hysterischen Gelächter quittierte.

»Dürfen wir Ihnen ein paar Szenen aus dem Stück präsentieren?« fragte Bahlke.

Hofbauer sah zur Uhr. Es war kurz vor elf, und der Tag war lang und mühselig gewesen. Anitas Augen wurden bereits grün, ein Zeichen für ihn, den Bogen nicht zu überspannen.

»Wir kommen morgen wieder«, tröstete er den neuen Regisseur, »morgen abend. Sie proben ja jetzt jeden Tag, wie ich erfahren habe.«

»Wir proben Tag und Nacht.«

»Respekt.«

Als sie im Auto saßen, sagte Hofbauer: »Vor 48 Stunden, genau um diese Zeit, hat man Kalduweit ins Wasser geschmissen.«

»Sie spielen Theater«, stellte Anita fest, »wir sind die Zuschauer.«

»Und keiner hat jemals die Sonnenbrille gesehen«, sagte Hofbauer.

»Wir machen uns eine Liste, und dann sehen wir weiter!«

Sie saßen in Hofbauers Büro, zwei Tassen Automatenkaffee auf dem unechten Biedermeiertisch und je einen Kugelschreiber in der Hand. Anita trug ein sommerliches Kostüm in schwer zu definierenden Farben und in rasantem Schnitt, der Hofbauer zu einem beifälligen Murmeln veranlaßte.

»Darf ich anfangen?« fragte sie belustigt.

»Klar!«

»Ines Gabor«, begann Anita und schrieb den Namen auf einen großen, weißen Bogen. »Lacht ständig dämlich und amüsiert sich grandios. War am Samstagabend mit ihrem Liebling auf der Couch, so hat sie's mir jedenfalls erzählt. Ihr Schatz heißt Arne Vohwinkel und kommt aus Hambuich.«

»Ines ist die heimliche Sehnsucht des gesamten Kellertheaters«, sagte Hofbauer und nippte an seinem Kaffee.

»Stimmt! Sie hat außerdem Herrn Kalduweit besänftigt, wenn der die Gruppe aus dem Haus feuern wollte. Unser Fräulein Gabor ist ein vielbeschäftigtes Mädchen.«

»Wie sie ihn allerdings besänftigt hat, wissen wir nicht.«

»Mit einem Glas Rotwein, nehme ich an. Mehr ist nicht drin für ganz alte Schlemmer.«

»Täusch dich nicht!«

Anita zupfte ihr Kostüm zurecht. »Das Haus gehörte also ihm«, stellte sie fest. »Der einerseits ein Ekel war und andrerseits ganz lieb und brav.«

»Zwei Seelen wohnen, ach, in meiner Brust.«

»Stimmt!«

Nach einer guten halben Stunde hatten sie ihre Liste fertiggestellt. Wenn man davon ausging, daß alle die Wahrheit gesagt hatten, war das Team des Kellertheaters unschuldig wie Schneewittchen und die sieben Zwerge.

Anita überprüfte noch einmal die Notizen:

Jockl Temsch (Joe): Studiert BWL, hat große, blaue Augen, saß auf seiner Bude und hat gelernt. Zeugin: Seine Schwester.

Ines Gabor (Alice): Alle lieben Ines Gabor. War mit ihrem Lover die ganze Nacht lang auf der Couch. Zeuge: Der Lover. Techtelmechtel mit Siegmund Kalduweit.

Amalie Gallwein (Lady Loxfield): War bis Sonntagnachmittag in Stuttgart. Zeugin: Ihre Tochter. Behauptet, Frau Kalduweit betrüge ihren Mann.

Karin Möhl (Philippa): Unbeschriebenes Blatt, bereitete sich zu Hause auf die Kindergärtnerinnen-Prüfung vor. Keine Zeugen.

Paul Grollberger (Malcolm): Zittert bei jeder Frage. War in München im Kino, »Das Dschungelbuch«, dann in der »Micky Maus-Bar«. Weiß nicht mehr, wie lange. Keine Zeugen.

Emmy Kalduweit (Dorothy): In Tiffy verknallt. Bekommt Lebensversicherung ihres Mannes. Probte bis spät nachts mit ihrem Schwarm Tiffy Bahlke.

Michael Bernold (Herr Cudworth): Biofreak. War in Niederbayern auf der Jagd nach Bio-Bier. Zeugin: Seine Frau.

Ludwig Gäubel (Sir George): War allein daheim. Bekam zwischen zehn und elf eine Herzattacke. Hausarzt war da.

Heidi Müller (Mutter Batley): Wandelnde Kittelschürze. Hat ferngesehen. Keine Zeugen.

Tiffy Bahlke (Lichteffekte): Probte bis nach Mitternacht mit Emmy Kalduweit. Wie die Probe aussah, kann man sich denken. Ging anschließend alleine in seine Hängematte.

Gertrud Finkenzeller (Souffleuse): Tarot-Monster. War im Tarot-Club bis ein Uhr nachts. Zeugen: Die anderen Monster.

»Ein liebenswertes Völkchen«, sagte Hofbauer.

»Tiffy und Emmy sind ein hübsches Paar.«

»Und Sir George macht den Trauzeugen.«

»Wenn er nicht vorher noch abnippelt!«

Als sie eben feststellten, daß der Kaffee wenigstens süß hätte sein können, wurde die Tür aufgestoßen, und Lichtlein erschien.

»Und wenn du glaubst, es geht nicht mehr ...«, begann Hofbauer, dann schwieg er erstaunt. Der Kollege hielt ihm ein Exemplar des Abendblatts unter die Nase. »Für dich«, sagte er knapp.

Hofbauer nahm die Zeitung, warf einen kurzen Blick darauf. Der Aufmacher war ein Bericht über den Fall Kalduweit, Überschrift: »Achtzigjähriger erwürgt und in Würm gestoßen«. Daneben ein Foto Kalduweits und seiner Frau.

Hofbauer überflog die Zeilen, sie waren flott und griffig geschrieben, im vertrauten Stil des Münchner Boulevards. Emmy Kalduweit gab darin die gramgebeugte Witwe. Sie schilderte ihren Mann als wahren Engel, den eine grausame Mörderhand ihr entrissen hatte. Ihre Ehe sei »glücklich und harmonisch« gewesen. Gleichzeitig machte sie Reklame für ihr Theater, gab bekannt, wann und wo die Premiere stattfinde würde, »mit Trauer im Herzen«, wie es hieß.

»Mir kommen gleich die Tränen«, spottete Hofbauer und warf das Blatt auf den Tisch.

»Lies mal Seite dreizehn«, sagte Lichtlein.

Knisternd fing Hofbauer an zu suchen, unter den wachsamen Augen des Kollegen. Dann hielt er den Atem an. Sein Sohn Bastian starrte ihm entgegen, und der Text, der daneben stand, war alles andere als erfreulich. Er schilderte die Vorgänge der Freinacht, den damit verbundenen Unfug, der Jahr für Jahr schlimmer wurde. Der Reporter berichtete über die sattsam bekannten Klopapierrollen, über verschmierte Briefkästen, eingeworfene Fensterscheiben. Er stellte fest, daß, statistisch gesehen, die Jugend auf dem Land vorläufig noch braver sei als die in der Stadt. Daß aber, beispielsweise, der oben abgebildete Bastian H. im Würmtal wohne und an mehreren Autos mutwillig die Reifen zerstochen habe, »unter anderem«, wie es hieß. Und dann stand da schwarz auf weiß: »Bastian H. ist der hoffnungsvolle Sohn des Münchner Kripobeamten Peter H.«

Hofbauer schluckte, ließ die Zeitung auf den Tisch fallen.

»Nimm's nicht so tragisch«, sagte Lichtlein scheinheilig und hüllte sich in eine Wolke Zigarillo-Nebel. Anita tat den üblichen Sprung zum Fenster, während Hofbauer noch immer nicht wußte, was er sagen sollte.

Zum Glück gelang es ihm, Haltung zu bewahren. Er rief, etwas zu schwungvoll, er habe die Sache mit seinem Sohn voll im Griff. Bastian sei nun mal in einem schwierigen Alter, mitten in der Pubertät. Da müsse man zuweilen beide Augen zudrücken. Fest zudrücken, sozusagen.

»Viel Spaß, Herr Kollege!»

»Das Ganze ist meine ureigenste Angelegenheit.«

»Es wirft ein nicht allzu günstiges Licht auf die Münchner Kripo!«

»Wir werden es aushalten!«

Ein melodischer Klingelton unterbrach ihre Diskussion. Anita griff zum Handy, lauschte kurz und rannte nach draußen. Lichtlein versank in einem undurchdringlichen Nebel.

»Sonst noch was?« fragte Hofbauer.

»Man sieht sich«, antwortete der Kollege fröhlich. »Wie geht's deinen Mördern?«

»Schlechter als mir.«

»Da bin ich nicht so sicher.«

»Meinetwegen!«

Lichtlein ging zum Waschbecken, ließ Wasser über den Zigarillostumpen laufen und verstaute ihn in seiner Schachtel. »Soll ich dir ein bißchen unter die Arme greifen?« fragte er. »Nach Planegg rausfahren? Leute ausquetschen?«

»Das kann ich nicht annehmen!«

»Du weißt, ich bin immer für dich da.«

»Eben!«

Er lächelte, drehte sich um, und stieß mit Anita zusammen, die mit rotem Kopf wieder ins Zimmer trat.

»War mir ein Vergnügen«, murmelte Lichtlein.

»Ich krieg ein Kind!« platzte Anita heraus.

Anita stand mitten im Zimmer und war ganz und gar durcheinander.

»Wie gefällt Ihnen Jonathan?« fragte sie.

»Wer ist Jonathan?«

»Als Vorname, meine ich.«

Hofbauer starrte noch immer auf das Abendblatt, das vor ihm lag. Jeden Moment konnte Staatsanwalt Dieckmann auftauchen, mit dummen Fragen und schneidigem Getue. Da mußte er fit sein und kluge, unverbindliche Antworten geben.

»Jonathan ist ein schöner Name«, sagte er zerstreut.

»Oder wie wär's mit Thorsten?«

»Phantastisch!«

»Kevin klingt auch nicht schlecht.«

»Wieso setzen die eigentlich ein Foto in ihr Schmutzblatt? Wo haben die das her? Kannst du mir das mal sagen?«

Hofbauer krallte sich den Hörer, zögerte und legte ihn wieder zurück. »Wir sollten systematisch vorgehen«, sagte er, »eins nach dem anderen. Wir sollten uns nicht kirre machen lassen. Was ist das Wichtigste?«

»Ich krieg ein Kind«, antwortete Anita.

»Weißt du auch, von wem du es kriegst?«

»Ja!«

»Dann gratuliere ich!« Hofbauer stand auf und drückte Anita die Hand. Er überlegte kurz, ob er ihr einen Kuß geben sollte, ließ es aber besser bleiben.

Anita erklärte, ihr Süßer wisse noch überhaupt nicht Bescheid, und sie traue sich auch nicht, es ihm sofort mitzuteilen. Es sei ein wahnsinniges Problem.

»Kommt Zeit, kommt Rat«, erwiderte Hofbauer wenig originell.

Er schlug vor, dem Kind den exotischen Namen Max oder Franz zu geben. Wenn es denn tatsächlich ein Knäblein werden sollte.

»Es wird ein Junge!« beharrte Anita. Die Vorschläge ihres Chefs überhörte sie.

Hofbauer griff ein zweites Mal zum Hörer.

Das Foto stammte von keinem Geringeren als von Claudias neuem Liebhaber. Man habe recherchiert, sagte die Dame des Abendblatts, und sei sich sicher gewesen, es mit Bastians Vater zu tun zu haben. Im übrigen wisse sie nicht Bescheid, der zuständige Kollege sei außer Haus. Hofbauer könne ja später nochmal anrufen. Mit einem forschen »Schönen Tag auch« beendete sie das Gespräch.

»Diese Gangster!« Hofbauer zerknüllte die Zeitung und feuerte sie wütend aus dem Fenster. »Ich bring sie alle um!«

Er sah zu Anita hinüber, die mit ihren Gedanken weit weg zu sein schien. Mühsam und in winzigen Schritten gelang es ihm, wieder Boden unter den Füßen zu bekommen.

Das Faxgerät summte, es erinnerte ihn ungerührt und geschäftig an den Fall Kalduweit. An das harmlose Völkchen des Kraillinger Kellertheaters.

»Sieh mal einer an!« Hofbauer staunte nicht schlecht. »Das Schreiben von der Versicherung. Emmy bekommt zwanzigtausend Goldtaler ausbezahlt. Ist das nicht ein prächtiges Motiv?«

»Es ist zu prächtig, wenn Sie mich fragen, Chef.«

»Wieso? Tiffy fährt mit dem Alten an die Würm, erwürgt ihn und schmeißt ihn ins Wasser!«

»Aber warum so umständlich, wenn's auch einfach geht?«

»Du meinst, es ginge auch ohne die Würm?«

»So in etwa.«

Er öffnete das Fenster, blickte hinunter auf die Straße, auf die Menschen, die eilig hin- und herliefen, mit ihrem alltäglichen Kram im Kopf. Das Papierknäuel mit Bastians Foto war nicht mehr zu sehen. Der Maienwind hatte es unsichtbar gemacht, das Problem Bastian allerdings noch lange nicht.

Hofbauer drehte sich um. »Ich habe eine unangenehme Mission vor mir.« Er fing beinahe an zu stottern. »Ich muß mit meiner, hm, ehemaligen Frau sprechen. Ich muß wissen, was hier vor sich geht. Warum die gleich die Zeitung ins Haus gelassen haben.«

Anita nickte. »Wie wär's mit Pumuckl? Das ist neuerdings erlaubt.«

»Wofür?«

»Als Vorname, wofür denn sonst?«

»Ich kann nicht mehr«, schluckte Hofbauer. »Wenn Dieckmann kommt, sag ihm einen schönen Gruß!«

Die Bügelfalte war nicht da, Claudia saß im Wohnzimmer hinter einem Stapel Büchern und Papieren verschanzt. Sie habe einen Kurs in Buchführung belegt, sagte sie, computergesteuert, sehr effizient. Sie habe eminent viel nachzuholen.

Die Situation wirkte wie ein billiges Klischee. Neuer Mann, neues Leben, Selbstverwirklichung. Hofbauer fragte sich verzweifelt, ob auch seine Ehe nicht mehr als nur ein Klischee gewesen war.

»Wer hat den Leuten vom Abendblatt Bastians Foto gegeben?« Er bemühte sich um einen möglichst sachlichen Ton, was völlig daneben ging. Sein Ton war gereizt und voller Groll.

»Janick«, antwortete seine Frau. »Der Reporter war hier und hat gesagt, sie würden eine Serie für die Jugendseite machen. Ganz harmlos, über Treffs und Lokale und so. Und sie würden ein Interview mit Bastian bringen.«

»Und dein Janick hat das geglaubt?«

»Es sieht so aus.«

Hofbauer versuchte, das schale Gefühl, das ihn wieder einmal plagte, loszuwerden, und er versuchte, in den Augen seiner Frau einen winzigen Rest Zuneigung für sich zu entdecken. Beide Versuche scheiterten.

»Wer hat die Sache mit den Autoreifen verraten?« fragte er, nachdem er sich über die Sinnlosigkeit seines Tuns klar geworden war.

»Ich weiß es nicht. Vielleicht einer von Bastians Kumpeln. Vielleicht die Polizei.«

»Und wer hat erzählt, daß ich Kripobeamter bin?«

»Keine Ahnung.« Sie ordnete ihre Bücher, stapelte sie aufeinander, ordnete sie von neuem. Eine Katze kam herein, sprang auf das Sofa, fing an zu schnurren. Hofbauer wunderte sich. Sie hatte noch nie Katzen gemocht, seine Frau und er waren schon immer absolute Fans von Bierdackeln gewesen.

Die Katze schnurrte hingebungsvoll.

Es roch auch ganz anders als sonst. Hofbauers empfindsame Nase stellte fest, daß es nach Kräutern roch, aromatisch, aber ungewohnt und aggressiv. Das ganze Zimmer wirkte feindlich, vom überdimensional großen Fernsehapparat bis hin zu einer Buddhafigur, die neben dem Sofa thronte. Claudia hatte Buddhafiguren gehaßt, sie fand sie von jeher unpassend und plump.

»Was habe ich falsch gemacht?«

Die Frage sprang aus ihm heraus, sie war da, ohne daß er es verhindern konnte.

Claudia unterbrach ihr seltsames Tun, gab keine Antwort.

»Bist du glücklich?« fragte er.

Jetzt erst sah sie ihm voll ins Gesicht. Aber nur kurz, für einen kleinen Augenblick. Und in diesem Augenblick spürte Hofbauer, daß er hier nichts mehr zu suchen hatte. Es war endgültig vorbei. Er machte einen Schritt zur Tür.

»Du solltest mal bei Bastian vorbeischauen«, sagte seine Frau.

»... wie anderen Leuten ein Stock oder Hut«, murmelte Hofbauer.

»Was meinst du?«

»Nichts.«

»Bastian braucht dich!«

Hofbauer sah nach oben. Sie hatten sogar die Hausspinne verjagt. Das also war das neue Leben der Claudia Hofbauer! Wenn sie denn seinen Namen zu behalten gedachte.

Behutsam schloß er die Türe. Die Katze unterbrach kurz ihr Schnurren, widmete sich dann erneut ihrer wohlklingenden Tätigkeit. Claudia fing wieder an, ihre Bücher zu ordnen.

Der erste Vorsitzende des Skatclubs »Grand mit Vieren« war ein redseliger Zeitgenosse. Kaum war der Kommissar im Kleinen Saal der Großgaststätte Heide Volm aufgetaucht, als er schon einen Stoß Karten in der Hand hielt und wortreich zum Mitmachen aufgefordert wurde. Er kam gar nicht dazu, den Grund seines Erscheinens mitzuteilen. Der erste Vorsitzende erklärte kurz die neuen Zählregeln, wünschte ein gutes Blatt und sprach anschließend ausführlich über das Kartenpech, das ihn selbst seit Monaten verfolgte.

Während des Spiels allerdings herrschte Schweigen, nur unterbrochen von spontanen Äußerungen des Unmuts oder des vorübergehenden Glücks.

Hofbauer ergab sich in sein Schicksal. Seine Skatkünste waren nicht unbedingt berühmt, er war ein begeisterter Schafkopfspieler, aber er hielt sich tapfer, gewann ein paar höchst zweifelhafte sogenannte Nullspiele und hatte alle Mühe, nicht sofort als Mitglied aufgenommen zu werden.

In einer Pause nannte er seinen Namen und Beruf. Die Skatfreunde waren keineswegs überrascht. Sie scharten sich um Hofbauers Tisch, sichtlich froh, über den schrecklichen Vorfall vom Wochenende sprechen zu können.

Kalduweit war ein recht beliebter, zuweilen etwas störrisch auftretender Mensch gewesen, berichteten sie. Gut, er war nicht mehr der Jüngste, vergaß oft die einfachsten Dinge. Aber wem passierte das nicht? Sie konnten sich seinen tragischen Tod nicht erklären. Sie wollten alles unternehmen, was in ihren Kräften stand, um zur Aufklärung des Mordes beizutragen. Und sie hatten selbstverständlich vor, zur Beerdigung zu gehen.

Der erste Vorsitzende erinnerte sich, daß Kalduweit vor etwa zwei Jahren Mitglied geworden sei. Anfangs sei er kaum, dann aber regelmäßig erschienen.

»Siegmund spielte Hasard«, sagte der Schriftführer. »Manchmal nur mit drei oder vier Trümpfen. Wenn er verlor, war ihm das mehr oder weniger egal. Merkwürdigerweise verlor er fast nie.« Bei den Clubmeisterschaften habe er nicht mitgetan.

»Hatte er mit irgend jemandem Streit?« wollte Hofbauer wissen.

Mit niemandem. Am vergangenen Samstag sei Maifeier gewesen. Hier im Kleinen Saal.

»War er dabei?«

»Natürlich!«

»Wie lange?«

»Bis etwa elf Uhr.«

»Hat ihn jemand begleitet?«

»Nein!«

Hofbauer fragte nach Besonderheiten dieses Abends, aber keinem war etwas aufgefallen. Siegmund hatte kaum Alkohol getrunken, wie sonst auch. Er hatte allerdings merkwürdig oft auf seine goldene Uhr geschaut. So jedenfalls glaubte sich einer der Spieler zu erinnern, der am Tatabend neben ihm gesessen hatte. Und wieder begann das große Rätseln nach dem mutmaßlichen Mörder und seinem Motiv.

»Von uns war's niemand!« rief der erste Vorsitzende. »Wir sind friedlich und krümmen keinem ein Haar!«

»Obwohl Siegmund kein einziges Haar mehr hatte«, warf der Schriftführer grinsend ein.

»Hat er irgendwann mal was erzählt? Von früher? Wo er herkommt oder so?« Hofbauer ließ nicht locker.

»Nein.«

»Von Zuhause, von seiner Frau?«

»Kein einziges Wort.«

Die Skatfamilie wußte zwar einiges über den Skatspieler, aber nichts über den Privatmann Kalduweit. Seine Gattin war weitgehend unbekannt. Ein einziges Mitglied, eine kleine, zierliche Frau, traf sie hin und wieder beim Penny-Markt. Man grüßte sich, wechselte ein paar unverbindliche Worte, das war alles.

Der Kommissar spürte, daß er hier nicht weiterkam.

Erneut wurden die Karten ausgeteilt. Geriet Siegmund schon in Vergessenheit? Wie lange würde es wohl dauern, bis Claudia einen gewissen Peter Hofbauer aus ihrem Gedächtnis gestrichen hatte?

Er ging langsam von Tisch zu Tisch, spielte Specht und stellte mit Genugtuung fest, daß die Profis auch nur mit Wasser kochten. Als kurz darauf Anita erschien, gab es freundschaftlich-anzügliche Kommentare, die von seiner Mitarbeiterin mit einem Lächeln quittiert wurden.

Sie hatten einige Mühe, sich loszueisen. Der erste Vorsitzende schenkte ihnen je ein Paket Skatkarten, die neuesten Skatregeln und eine Broschüre »Die Geschichte des Planegger Skatclubs ›Grand mit Vieren‹«. Man luchste ihnen das Versprechen ab, möglichst bald wiederzukommen. Und den Fall Kalduweit umgehend zu lösen.

Als sie zum Parkplatz gingen, sagte Anita: »Dieser Paul Grollberger, der den Malcolm spielt und der bei jeder Frage zittert, war tatsächlich im ›Dschungelbuch‹. Dreimal dürfen Sie raten, mit wem.«

Hofbauer drehte den Zündschlüssel herum, kurbelte das Fenster ein wenig herunter. »Mit Ines Gabor«, antwortete er.

»Falsch!«

»Mit dir!«

»Aber Chef!« Mit einem vorwurfsvollen Klicken ließ Anita den Sicherheitsgurt in seine Halterung schnappen. »Mit Karin Möhl, unserer zukünftigen Kindergärtnerin. Aber er war anschließend keineswegs in der Micky Maus-Bar, jedenfalls hat man die beiden dort noch nie gesehen.«

»Wo war er denn?«

»Wir werden ihn fragen.«

»Machen wir glatt!«

Sie fuhren nach Krailling, zum Haus Am Waldrand.

Wieder einmal war die Tür nur angelehnt, also stiegen sie die Treppe abwärts in die Gefilde des Theaters im Keller.

Was sie sahen beziehungsweise hörten, war die überraschende Darbietung eines ausgeprägten Liebeslebens. Aus den Ritzen der Pappdeckelmauern, die am hinteren Bühnenrand standen, quoll ein Stöhnen und Schnaufen, das allerhöchsten Ansprüchen verwöhnter Telefonsex-Kunden durchaus genügt hätte. Das Licht war geschmackvoll auf halbmatt gedimmt, auf dem Holzklotz links vorne standen zwei leere Weingläser.

Hofbauer sah kurz zu Anita hinüber, dann rannte er nach oben. Er trat vor die Haustür, stellte fest, daß er eher belustigt war als geschockt und hatte alle Mühe, den plötzlich auftauchenden Ludwig Gäubel davon abzuhalten, sofort nach unten zu gehen.

Nach und nach trudelten die übrigen Schauspieler ein. Sie grüßten verwundert den Kommissar, dann stiefelten sie ahnungslos in Richtung Orgie. Hofbauer blieb nichts anderes übrig, als ihnen zu folgen.

Unten angekommen, stellte er fest, daß die Weingläser bereits weggeräumt waren. Auf dem nun leeren Holzpflock thronte, ihre Wangen lebhaft durchblutet, die Theaterdirektorin. Tiffy stand daneben, in recht zufriedenem Zustand. Sein Hosentürl war ordnungsgemäß geschlossen.

»Was wollen Sie denn schon wieder?« Betont lässig hockte er sich an den Bühnenrand.

»Wir möchten ein wenig bei der Probe zuschauen«, sagte Hofbauer ruhig.

»Hat's Spaß gemacht?« Anitas Grinsen war alles andere als vornehm.

»Sie meinen?«

»Ach, nichts!«

»Keine Ahnung, wovon Sie reden«, sagte Tiffy. Und laut verkündete er: »Wir beginnen mit Atemübungen! Legt euch bitte auf den Boden! In gebührendem Abstand!«

Die Schauspieler rührten sich nicht. Die Gallwein, die mitten im Zuschauerraum auf einem einsamen Stuhl saß, ließ ein nervöses Hüsteln hören. »Ihr braucht nicht zu glauben, wir hätten nichts gemerkt!« Voller Empörung rückte sie ihren Hut zurecht, obwohl es überhaupt nichts zum Zurechtrücken gab. »Dein Mann ist noch nicht unter der Erde, und du betreibst Unzucht, Emmy Kalduweit!«

»Wenn ihr schon vögelt, dann nicht unbedingt hier unten!« Das war Ines, deren strahlendes Gesicht im Augenblick nicht mehr ganz so attraktiv wirkte, wie gewohnt.

Hinter dem Beleuchtungskasten saß Gäubel und rief: »Kannst du mir tausend Piepen leihen, Regisseur? Ich brauch sie ganz dringend!«

Hofbauer betrachtete die Szene mit gespannter Aufmerksamkeit, er war neugierig, wie Emmy und Tiffy reagieren würden. Die übrigen Schauspieler standen in dem leeren Zuschauerraum, so, als würden sie auf die Explosion warten, die jeden Augenblick stattfinden sollte.

»Nun hört doch mal zu«, begann Tiffy, »nun macht doch nicht gleich 'ne Revolution! Ich will euch das erklären.«

»Da gibt's nichts zu erklären!« Die Kalduweit erhob sich von ihrem Baumstumpf, setzte sich neben ihren Goldjungen und legte ihren Arm um ihn.

»Wir lieben uns«, sagte sie. »Das ist nicht verboten. Siegmund ist tot. Dafür kann ich nichts. Wer nicht damit zurechtkommt, kann ja gehen. Dann fällt die Premiere eben ins Wasser.«

Die Mitglieder des TIK sahen sich an, erschrocken, unschlüssig, was sie tun sollten.

Nur die Gallwein zögerte keinen Augenblick. »Mir reicht's!« rief sie, sehr von oben herab. »Ich schaue mir das nicht mehr länger an!« Sie schnappte sich ihr Täschchen, das auf einem der Stühle lag, und rauschte nach draußen. Das Klappern ihrer Stöckelschuhe war überlaut zu hören.

Sie ließ eine aufgewühlte Gesellschaft zurück. Die Leute diskutierten, Ines lachte hysterisch, während die junge Karin Möhl nervös in einem Fachbuch über Kindererziehung blätterte. Gäubel griff sich ans Herz, was den Bio-Freak Bernold besorgt nach der Telefonnummer des Notdienstes fragen ließ.

»Wir proben!« Die Stimme gehörte Heidi Müller. Sie stieg auf die Bühne, winkte Gäubel zu sich heran und flüsterte ihm etwas ins Ohr. Gäubel grinste. Er bat Tiffy und die Kalduweit aufzustehen und sich kurz in den Zuschauerraum zu setzen.

»Mach mal Licht!«

Gehorsam ging Tiffy zu dem Beleuchtungskasten, drehte am Dimmer herum. »Alles o.k.?« fragte er.

»Nicht so hell!«

»Und jetzt?«

»In Ordnung. Wir fangen an.««

Von links erschien Gäubel, mit einem Golfschläger in der Hand und einer karierten Mütze auf dem Kopf.

»West-Windenheim«, begann er, und plötzlich war er nicht mehr Ludwig Gäubel, sondern Sir George, ein selbstbewußter, etwas degenerierter englischer Lord.

»Na ja, das muß es ja sein. Ich hab da auf dem Golfplatz gespielt ... aber das sieht gar nicht so aus. Ich verstehe das nicht.«

Aus dem Zuschauerraum hörte man keinen Mucks. Gäubel wandte sich an Heidi Müller, die sich in Mutter Batley verwandelt hatte.

»Spielen Sie Golf?« fragte Sir George. *»Sie spielen wohl nicht Golf, was?«*

Mutter Batley antwortete:

»Golf? Ob ich Golf spiele? Also, das hat mich noch niemand gefragt. Daß jemand zu mir sagt: Spielen Sie Golf?«

Sie machten eine Pause. In dem kleinen Saal war es still, niemand rührte sich. Die Zauberformel des Kellertheaters hatte wieder einmal ihre Wirkung getan.

»Will jetzt immer noch jemand nach Hause gehen?« rief Heidi Müller.

Keine Antwort.

»Dann hätten wir's ja mal wieder geschafft!«

»Du bist eine alte Hexe!« lachte Tiffy. Heidi Müller streckte ihm die Zunge heraus.

Plötzlich rief Gäubel: »Entschuldigung, aber ich hab da eine Idee. Wenn ich sage *Spielen Sie Golf?,* dann nehme ich ein kleines Fläschchen aus der Tasche und trinke einen Schluck. Was meint ihr dazu?«

»Na, ja ... ich weiß nicht ...«

»Wenn du unbedingt willst ...«

Die Antworten kamen zögernd, die Akteure des TIK fanden nicht so schnell wieder zurück in die Realität. Die Realität bedeutete, Tiffys erotische Eskapaden zu verdauen. Und zu vergessen, daß Amalie Gallwein heimgerauscht war. Außerdem: Der Geist Kalduweits schien seine Ruhe noch nicht gefunden zu haben, er spukte noch immer in ihren Köpfen herum.

Der Regisseur allerdings war voll auf der Höhe des Geschehens. »Die Idee mit dem Fläschchen ist nicht schlecht!« Er sprang auf die Bühne. »Du hast überhaupt tolle Ideen, Gäubelchen, da kann man sich nur wundern!«

Sir George kniff verdutzt die Augen zusammen.

»Aber du schüttest keinen echten Alkohol rein, das ist klar! Sonst liegst du uns noch besoffen auf den Brettern herum.«

Gäubel erklärte, er wisse genau, womit er das Fläschchen zu füllen habe.

»Dann machen wir weiter! Wir spielen die Szene zu Ende und proben anschließend den zweiten Akt!«

Tiffy war der begabteste Regisseur, den das TIK je gesehen hatte. Er klatschte in die Hände, wie der große Kortner es nicht besser hätte tun können. »Auf die Bühne! Mutter Batley und Sir George! Und deutlich sprechen, deut-lichst, habt ihr verstanden? *Abraham a Santa Clara ...«*

Heidi Müller kümmerte sich nur wenig darum. *»Golf? Ob ich Golf spiele?«* sagte sie lachend. *»Also das hat mich noch niemand gefragt. Daß jemand zu mir sagt: Spielen Sie Golf?«*

Bastian konnte nicht ahnen, was da auf ihn zukommen würde.

Er kannte den Hauptkommissar Lichtlein nicht, Hauptkommissare waren ihm egal, auch sein Vater war ihm egal, schon seit einer Ewigkeit. Aber er hätte die Uhr verstecken sollen.

Uhren, die man gefunden hat, läßt man nicht einfach so rumliegen. Noch dazu, wenn sie mit einem Mordfall zu tun haben. Aber das wußte Bastian nicht, er las keine Zeitung, weil ihn auch Zeitungen schon lange nicht mehr interessierten.

Bastian wußte bis zu diesem Dienstagnachmittag sowieso nicht sehr viel, außer, daß er in Susi verliebt war. Total verliebt. Mit Zungenküssen und fast richtigem Geschlechtsverkehr.

Susis alte Leute waren super. Ließen ihn und Susi machen, was sie wollten. Sahen nur darauf, daß ihre Tochter in die Schule ging. Was das betraf, waren sie allerdings total altmodisch.

Daß Bastian den ganzen Tag bei ihnen rumhockte, fanden sie süß. Er konnte mit Susis Mutter über alles reden, offen und ehrlich. Sie hörte ihm zu. Hörte ihm zu und sagte höchstens ab und zu »ach so« oder »aha«.

Die Kifferei war ihnen egal. Sie kifften selbst hin und wieder, hatte Helena erzählt. Helena war Susis Mutter. Er nannte sie beim Vornamen. Auch Kimberley nannte er beim Vornamen, er war Architekt, zur Zeit allerdings ohne Aufträge. Das war ziemlich blöd, denn sie hatten fast keine Kohle mehr. Sie sprachen ständig darüber, und wenn man ständig über die

Kohle sprach, dann war das blöd, soviel hatte Bastian schon mitgekriegt. Auch von zu Hause.

Aber sonst war es super bei Helena und Kimberley. Sie stürzten nicht ständig ins Zimmer rein, wie es Bastians Mutter getan hatte. Sie ließen ihn und Susi in Ruhe. Störten sie nicht bei ihren Zungenküssen und bei ihrem fast richtigen Geschlechtsverkehr.

Bastian schlief täglich bis um 12 Uhr, und dann gab's eine Suppe zum Mittagessen, und dann fing Susi an, Hausaufgaben zu machen. Oder sie ging zum Ballett. Und er saß rum, ganz alleine, und kam sich ein bißchen bescheuert vor. Deswegen herrschte neuerdings bei Bastian ein gewisses Gefühl der Langeweile.

Manchmal rief seine Mutter an, aber sie war gut drauf und nervte ihn keineswegs, daß er gefälligst heimkommen sollte. Wahrscheinlich hatten die Alten untereinander ausgemacht, ihn nicht zu nerven, und genau das nervte total.

Bastian hatte mal gelesen, Kinder wollten in der Familie immer der Mittelpunkt sein. Genau so war's! Er wußte nicht, ob er jemals schon irgendwo der Mittelpunkt gewesen war. Ob seine Mutter ihn mochte. Und ob die Quedlinburgs ihn mochten. Okay, er war in Susi verliebt und sie in ihn, das war das Wichtigste überhaupt. Aber sein Vater hatte sich verdünnisiert, und das wiederum war der Hauptgrund für Bastians mieses Leben. Und weil die in der Schule Terror machten und Briefe schickten mit dem Ultimatum 10. Mai. Wenn er bis dahin nicht in die Schule zurückgekehrt wäre, hatten sie geschrieben, würden sie ihn relegieren.

Außerdem hatte sich Bastian heute früh einen Joint reingezogen, aber die Joints waren auch nicht mehr das, was sie mal waren. Irgendwie versifft oder so.

Deshalb war er in dieser Kackstimmung, als Lichtlein aufkreuzte. Es war so eine richtige Leck-mich-am-Arsch-Stimmung, und dieser Typ von der Kripo nutzte das aus. Bastian fiel total drauf rein. Vor allem, weil er stinksauer war, daß da ein Fremder erschien und ihm blöde Fragen stellte. Wenn sein Vater erschienen wäre, dann hätte er gewußt, was zu tun gewesen wäre, nämlich seinem Alten mal klarzumachen, daß alles ganz anders zu laufen habe. Er hätte es gut gefunden, wenn sein Alter sich mal wieder um ihn gekümmert hätte. Er hätte zwar auf cool gemacht, aber vielleicht nicht ganz so wie sonst.

Auf alle Fälle: Als der Hauptkommissar kam, mit doofem Gesicht und irrem Getue, da war Bastian grade voll am Boden.

Lichtlein schritt ins Zimmer, leutselig und zuvorkommend. Er spielte guter Polizist.

Helena hatte ihn hereingelassen, weil er gesagt hatte, er sei ein Kollege von Bastians Vater. Er hatte seinen Namen und seinen Beruf genannt, den extravaganten Geschmack der Hausherrin gelobt, was die Einrichtung betraf, und als sie alleine waren, fragte er Bastian, ob er sich noch an die Freinacht erinnere. Da hätten sie doch sicher viel Spaß gehabt.

Ja, das hätten sie, sagte Bastian, ohne überhaupt zu kapieren, was da vor sich ging. »Ich war mit paar Freunden unterwegs«, sagte er.

»Und dann habt ihr Klorollen verteilt«, sagte Lichtlein.

»Ja.«

»Und mit Rasierschaum rumgesprüht.«

»Na, ja ...«

»Und Autos kaputtgemacht.«

»Was?« Zu diesem Zeitpunkt hätte Bastian noch umkehren können. Später, als er in seiner Zelle saß und über alles nachdachte, wurde ihm klar, daß er völlig verrückt gewesen sein mußte. Er fand später einfach keine Worte mehr für das, was da mit ihm geschehen war. Denn der Kripotyp entdeckte die Uhr. Sie lag neben einem der Stofftiere, einem albern dreinglotzenden Elch, halb versteckt, aber er sah sie trotzdem. Er stürzte sich auf sie wie ein Tiger auf seine Beute.

»Woher hast du diese Uhr?«

»Gefunden!«

»Wo?«

»Irgendwo.«

In Sekundenschnelle hatte sich Lichtlein in den bösen Polizisten verwandelt. Er ließ seine Fragen auf Bastian herniederprasseln, abgefeuert wie von einem Maschinengewehr, Bastian kam sich vor wie in einem Horrorvideo.

»Was heißt irgendwo? Wie spät war es? Warum bist du nicht zum Fundbüro gegangen?« Bastians Antworten nahm er überhaupt nicht zur Kenntnis.

Er baute sich vor Bastian auf, kam ganz nahe an sein Gesicht heran, so nahe, daß Bastian seinen kotzigen Geruch nach Zigarren riechen konnte.

Plötzlich sprach der Kripotyp von irgendeinem Mann, der erdrosselt worden war. Dem Mann hätte die Uhr gehört, sagte er, nachweislich. Er sei in die Würm gestoßen worden.

Und dann kamen ganz andere Fragen: »Hast du den Mann gekannt? Woher? Wie spät war es?«

Und wieder von vorne: »Warst du allein? Hast du ihn erwürgt? Warum lügst du?«

Wenn in diesem Augenblick Susi gekommen wäre oder Helena, wenn Bastians Handy geklingelt hätte, dann hätte er vielleicht noch die Kurve gekriegt.

Aber es kam niemand.

Susi saß in der Schule, und Helena hantierte in der Küche herum. Kimberley war in München, um sich wegen einer Arbeit vorzustellen.

Nicht einmal die Katze kratzte an der Tür.

Also geschah es, daß Bastian Quatsch verzapfte. Ja, er habe dem Mann die Uhr geklaut. Bei der kleinen Brücke. Er habe die Uhr gefunden. Habe den Mann nie gesehen. Er habe die Reifen zerstochen. Aber das sei doch längst erledigt.

»Du hast den Mann erwürgt!«

»Wie?«

»Du hast ihn umgebracht!«

»Nein.«

»Das ist Mord, weiß du das?«

»Ich möcht jetzt meine Ruhe haben!«

»Du hast ihn erwürgt!«

»Ich sag kein Wort mehr!«

»Erwürgt und in den Fluß gestoßen!«

»Nein!«

So war es gelaufen, immer und immer wieder. Abartig und pervers. Bis Bastian irgendwann Ja gesagt hatte. Dabei wollte er nur eines: unter die Bettdecke kriechen und die ganze Scheiße vergessen.

Der Typ triumphierte. Er griff sich sein Handy, quasselte irgendwas, und dann erschienen zwei Polypen und nahmen Bastian fest. Sie legten ihm Handschellen an und schleiften ihn zu ihrem Auto.

Helena konnte überhaupt nichts machen. Sie stand dabei, die Hände noch voller Mehl, weil sie irgendwas gebacken hatte, und stotterte: »Was geht hier vor? Das ist Freiheitsberaubung, wissen Sie das?«

»Der junge Mann ist vorläufig festgenommen«, antwortete Lichtlein.

»Aber warum denn?«

»Wegen Totschlags. Oder sogar Mord. Paragraphen 211 und 212, Strafgesetzbuch.«

Helena fiel daraufhin keineswegs in Ohnmacht. Sie putzte sich ihre Hände ab, lief zum Telefon und wählte die Nummer ihres Anwalts.

Die eigentliche Bühne des englischen Dramatikers ist das menschliche Gewissen – auch in dem ungewöhnlichen Dreiakter »Die fremde Stadt«, der vor einem allegorischen Stadttor in Szene geht, ...

Hofbauer legte das Knäckebrot zur Seite. Heute war sein brezelfreier Tag, der Magen hatte es ihm signalisiert, und nicht auf seinen Magen zu hören, war mehr als fahrlässig. Also hatte er sich Knäckebrot mit Beuteltee verordnet.

... das die Schranke zwischen Zeitlichkeit und Nichtmehrsein bedeutet und mit seinen neun überaus profilierten Rollengestalten einen Querschnitt durch die zeitgenössische Menschheit legt.

Er hatte das Stück gelesen, zweimal, und er mußte zugeben: Er fand es gut. Allerdings, und damit hatte er wieder auf den Boden der Tatsachen zurückgefunden, die »neun überaus profilierten Rollengestalten«, deren Alibis Hofbauer zu überprüfen hatte, erwiesen sich nicht nur im Stück, sondern auch im wirklichen Leben als höchst widerspruchsvoll. So hatten ein paar routinemäßige Nachforschungen ergeben, daß das unbeschriebene Blatt Karin Möhl, welches die Philippa spielte, in der Tatzeit keineswegs wie behauptet brav zu Hause weilte und sich auf die Prüfung für Kindergärtnerinnen vorbereitete, sondern mit Malcolm-Darsteller Grollberger in der 20-Uhr-Vorstellung des Kinos am Sendlinger-Torplatz hockte. Und Grollberger ging auch anschließend nicht in die Micky Maus-

Bar, sondern er tauchte unter, mit eben dieser Karin Möhl, wobei bis jetzt nicht feststellbar war, wohin die beiden getaucht waren.

Merkwürdig war außerdem, daß sich die Gallwein am vergangenen Wochenende absolut nicht in Stuttgart aufgehalten hatte, zumindest nicht bei ihrer Tochter. Die Tochter jedenfalls hatte von nichts gewußt und sich diebisch über die Aussage ihrer Frau Mama amüsiert.

Hofbauer nahm den Teebeutel, zielte und warf ihn mindestens einen halben Meter neben den Papierkorb.

Er ärgerte sich, daß Anita wieder einmal nicht anwesend war. Sie sei unpäßlich, hatte sie ausrichten lassen. Seine Mitarbeiterin feierte also schon jetzt ihre beginnende Schwangerschaft, ohne Rücksicht auf ihren Chef zu nehmen.

Verdrießlich stand er auf, versenkte verdrießlich den Teebeutel in dem für ihn vorgesehenen Bestimmungsort.

Was wußte er von dem ermordeten Siegmund K.? Hofbauer nahm einen Notizblock, schrieb sich alles auf: Kalduweit, 81, wohnte seit sieben Jahren in Krailling. Vorher in München. Geboren in Dresden. Sammelte Uhren und Postkarten. Führte insgesamt ein eher zurückgezogenes Leben. Ging seit etwa zwei Jahren in den Skatclub. Unbeliebter Regisseur des Kellertheaters in Krailling, das ihm gehörte. Von Beruf war er Beamter, »in irgendeinem Ministerium«, so die Aussage seiner Gattin, die ein Verhältnis mit Tiffy Bahlke unterhielt. Lebensversicherung: 20.000 Euro.

Hofbauer betrachtete die Notizen aufmerksam. Er befahl den Synapsen in seinem Gehirn, alle zur Verfügung stehenden Reize möglichst gewinnbringend von Zelle zu Zelle zu übertragen, um zu einer brauchbaren Analyse zu kommen. Die Synapsen gaben sich Mühe, blieben aber erfolglos.

Hofbauer legte die Packung mit dem Knäckebrot in seine Mappe zurück, hievte die Beine auf den Tisch und begann nachzudenken. Aber er kam zu keinem brauchbaren Ergebnis.

Die Tür ging auf, und Kollege Lichtlein erschien. Er zog eine Visage, die Hofbauer noch nie gesehen hatte. Der Kollege sah aus, als sei er soeben Papst geworden. »Schlechte Nachricht für dich«, begann er ohne Umschweife. »Oder eine gute. Nein, eher eine schlechte.«

»Du sprichst in Rätseln«, sagte Hofbauer.

Lichtlein machte sich daran, einen seiner Sargnägel anzufressen, dann holte er tief Luft. »Der Fall ist geklärt«, sagte er. »Wir haben deinen Sohn Bastian festgenommen. Er hat bereits gestanden.«

Die Stille, die auf Lichtleins Worte folgte, war so intensiv, daß man sogar das Zuklappen der Autotüren von der Ettstraße herauf hören konnte.

»Was habt ihr mit ihm gemacht?« Hofbauer wunderte sich, wie ruhig seine Stimme klang.

Der andere betrachtete seine Fingernägel. »Ich war draußen in Planegg«, sagte er, »bei diesen«, er zog einen Zettel zu Rate, »bei diesen Quedlinburgs. Hübsches Häuschen übrigens, wirklich ausnehmend hübsch.«

»Was ihr mit meinem Jungen gemacht habt, will ich wissen!«

»Kleines Verhör, eigentlich ganz harmlos.« Lichtlein fummelte in seinen Taschen nach einem Feuerzeug. »Bis zu dem Zeitpunkt, an dem ich die goldene Uhr im Regal entdeckt habe. Da allerdings mußte ich ein wenig härter werden. Aber auch nur ein wenig. Dein Sohn war sehr kooperativ, nach einer gewissen Zeit.«

Hofbauer sagte, äußerlich noch immer sehr gefaßt: »Du weißt, daß dies alles nicht stimmt. Bastian hat Kalduweit nicht umgebracht.«

»Warum nicht?«

»Er hatte kein Motiv.« Beinahe hätte Hofbauer hinzugefügt: »Und er ist mein Sohn«, aber denn ließ er es lieber bleiben. Gefühlsäußerungen waren in einem Gespräch mit Lichtlein nicht angebracht.

»Er hat dem Alten die Uhr gestohlen.«

»Er hat sie gefunden.«

»Woher willst du das wissen?« Lichtlein fingerte das Feuerzeug aus seiner Tasche und steckte nun doch sein Zigarillo in Brand. Schachtel und Feuerzeug legte er auf den Tisch. »Wie lange bist du bei der Kripo, Peter Hofbauer?«

»Länger als du.«

»Und glaubst immer noch an das Gute im Menschen?«

Darauf wußte Hofbauer keine Antwort. Er stand auf, ging auf seinen Feind zu, packte den vordersten Knopf von dessen Jacke und begann zu drehen, immer in die gleiche Richtung. »Warum läßt du mich nicht in Frieden?«

»Das hat mich dein Filius auch gefragt.« Lichtlein versuchte, einen Schritt zurückzuweichen.

»Was hast du geantwortet?«

»Ich weiß es nicht mehr.«

»Das ist nicht viel.«

»Du kannst mich mal!«

»Und du mich auch!« Der linke Haken, den Hofbauer in Sekundenschnelle auf dem Kinn seines Feindes landete, war sauber und einwandfrei. Lichtlein sackte weg, wurde aber von Hofbauer eisern festgehalten. Erst als der Jackenknopf sich löste, rutschte Lichtlein zu Boden.

»Da komm ich ja grade richtig«, sagte Anita, die unbemerkt ins Zimmer getreten war.

»Was machst du denn hier?« Hofbauer ließ sich in seinen Sessel fallen. Er befand sich in einer Art Schwebezustand, unerwartet erleichtert, als hätte er Luftkissen unter sich. Er stand wieder auf, schwebte zum Fenster und fächelte sich die kühle Stadtluft zu. »Es regnet«, sagte er, als ob das Wetter von entscheidender Bedeutung gewesen wäre. »Mairegen macht, daß man wächst. Alte Bauernregel.«

»Das wußte ich nicht.«

»Ich hab das Stück gelesen.« Übergangslos und ohne sich um seinen Gegener zu kümmern, deutete Hofbauer auf den Schreibtisch, auf dem das Textbuch lag. »Hochinteressant! Da gibt's diesen Typen, diesen Malcolm. Er ist Banker und hat Schiß vor seinem Chef.« Hofbauer schwebte zu seinem Sessel zurück. »Dann redet er mit Joe, einem Mechaniker oder was auch immer. Und plötzlich rennt er nach vorne auf die Bühne und schreit«, Hofbauer fing an zu blättern, »hier, hier hab ich's. Er schreit ganz laut: *Ich halte den Chef der Mittelland-Bank für eine gemeine und verachtungswürdige alte Kröte!*«

Das Buch fiel auf den Tisch. »Und dann fühlt er sich ganz unfaßbar gut. So wie ich im Augenblick.«

»Du bist verrückt geworden!« Lichtlein saß auf dem Fußboden, betastete sein Kinn und betrachtete mit erstaunten Augen die Beine seines Kollegen.

»Vielleicht«, Hofbauers Adrenalinspiegel senkte sich nur langsam wieder. »Aber verrückt zu sein ist manchmal die einzige Möglichkeit, extreme Situationen zu überstehen. Situationen, in denen der eigene Sohn zum Mörder abgestempelt wird. Nur weil es Kripobeamte gibt, die vor Ehrgeiz platzen.«

Lichtlein vollführte eine Drehung nach links, eine Drehung nach rechts, dann rappelte er sich wieder hoch. Niemand half ihm dabei. »Bastian sitzt in Stadelheim«, sagte er, als er wieder auf seinen Füßen stand.

»Nicht mehr lange.«

»Warten wir's ab!«

»Und ob!« Mit schnellem Griff fischte sich Hofbauer einen Glimmstengel aus dem Päckchen auf dem Tisch, zündete ihn an. Zog den Rauch in sich hinein, ließ ihn durch die Nase wieder ins Freie strömen, mit einem wohligen Laut der Entspannung.

Ebenso überrascht wie resigniert zuckte Anita die Achseln.

»Seit wann ...«, begann Lichtlein. Dann verstummte er.

»Seit jetzt«, grinste Hofbauer.

»Der Fall Kalduweit ist, wie gesagt, abgeschlossen!« Lichtlein grapschte sich Schachtel und Feuerzeug. »Bastian wird morgen dem Haftrichter vorgeführt. Wenn ich dir einen Rat geben darf, besorg deinem Sohn einen properen Anwalt.«

»Zu gütig«, sagte Hofbauer.

»Alle Besuche bedürfen einer schriftlichen Erlaubnis des Richters oder des Staatsanwalts. Die Besuchserlaubnis berechtigt zu einem Besuch von dreißig Minuten Dauer, wenn der Richter oder Staatsanwalt nicht eine andere Besuchsdauer bestimmt.« So lautete Nummer vier, Absatz zwei der »Informationen über die Rechte und Pflichten der Untersuchungsgefangenen der Justizvollzugsanstalten in Bayern«.

Staatsanwalt Dr. Dieckmann hatte die Besuchserlaubnis Hofbauers in Stadelheim auf eben diese dreißig Minuten festgelegt. Er hatte die Erlaubnis schweigend erteilt, in seinem Zimmer. Hofbauer hatte sie schweigend entgegengenommen. Erst als er schon fast die Türe hinter sich zuziehen wollte, sagte Dieckmann: »Wir werden den Fall so korrekt wie möglich erledigen. Sie haben keine, hm, Vergünstigungen zu erwarten.«

»Selbstredend.«

Der Staatsanwalt blätterte in der neuesten Ausgabe seines Alpenvereinsheftes. »Hat Ihr Sohn Videogames gespielt? Ich meine, solche Pengpengdinger, wo man am laufenden Meter Gangster umbringen muß?«

»Er wächst bei seiner Mutter auf«, sagte der Kommissar.

»Ja, dann ...«

Hofbauer wartete ein paar ungemütliche Sekunden, dann sagte Dieckmann: »Sie bringen uns ganz schön ins Schwitzen. Hätten Sie nicht besser aufpassen können? Ihren Sohn besser unter Kontrolle halten?«

»Bastian ist unschuldig«, antwortete Hofbauer. Als weiter nichts geschah, schloß er geräuschlos die Tür.

»Kennen Sie den Hohen Göll?« rief Dieckmann noch hinterher. Aber niemand antwortete.

Hofbauer fuhr mit dem Lift nach unten. Es war Donnerstag, der 4. Mai, 8.30 Uhr. Er bestieg die U8, ging die letzten Meter zu Fuß. Er war noch nie von Amts wegen in Stadelheim gewesen. Die Arbeit des Kripobeamten endete mit der Verhaftung des Täters, dann hatte der Vollzug das Sagen.

Er dachte an Ludwig Thoma, der einst sechs Wochen in St. Adelheim abgesessen hatte. Er dachte an Graf Arco, der zur Zeit der Räterepublik den bayrischen Ministerpräsidenten Eisener erschossen hatte und dann in Stadelheim saß. Und er dachte an die Widerstandskämpfer der Weißen Rose, die in Stadelheim ihr Leben lassen mußten.

Das Münchner Gefängnis auf Giesings Höhen hatte bis zum Jahre 1945 eine wahrhaft unrühmliche Rolle gespielt. Jetzt war es hoffnungslos überbelegt, fast zweitausend Gefangene drängten sich innerhalb seiner ausbruchssicheren Mauern.

Immer wieder schob sich das Bild Bastians zwischen seinen Gedanken, er fand es derart aberwitzig, wegen Bastian nach

Stadelheim unterwegs zu sein, daß er beinahe laut gelacht hätte. Er war, und auch das war ihm durchaus bewußt, an diesem Tag ein Besucher wie jeder andere auch. Ein Mensch ohne Rang und Titel. Ein Vater, der seinen des Mordes verdächtigen Sohn in der U-Haft besuchte. In einer Festung der Einsamkeit. Im königlich-bayrischen Fort Knox.

Er fand sich in jenem Raum wieder, in dem man mit unzähligen anderen Besuchern, durch eine Glaswand getrennt, den Gefangenen gegenübersaß. Es roch nach Unglück, Verbrechen, menschlicher Dummheit.

Als sein Sohn hereingeführt wurde, in der blauen Anstaltskleidung, mit einem Tunnelblick, der ihn nicht nach rechts und nicht nach links sehen ließ, kam sich der Kommissar vor wie in einem Alptraum der ganz besonderen Art.

Bastian hockte sich auf seinen Stuhl, sah seinen Vater kurz an, starrte auf den Boden. Die Leute um sie herum schwätzten und gestikulierten. Die beiden sprachen kein Wort. Endlich hielt es Hofbauer nicht mehr aus. »Hast du ihn umgebracht?«

»Keine Ahnung.«

»Bastian!«

»Warum kommst du erst jetzt?«

Hätte er den Sinn dieser letzten Frage verstanden, er hätte sich und Bastian einen Berg von Kummer ersparen können. Aber er war blind und taub. »Warum hast du dich von Lichtlein einpacken lassen?«

»Er hat so fies nach Zigarren gerochen.«

»Bist du in der besagten Nacht bei der kleinen Brücke gewesen? War jemand dabei? Deine Freunde vielleicht?«

»Du redest genauso wie er.«

»Wie wer?«

»Dein Kumpel.«

»Er ist nicht mein Kumpel!«

Drüben, am linken Ende der langen Reihe, gab es einen Tumult. Ein paar Beamte sprangen hinzu, mit stoischer Routine, irgend jemand schrie und brüllte, dann wurde einer der Burschen weggeführt, er war nicht älter als 15 Jahre.

Das Stimmengewirr, das kurz unterbrochen worden war, begann von neuem.

»Wir müssen einen Lebenslauf schreiben«, sagte Bastian.

»Das ist so üblich.«

»Helena schickt mir ihren Anwalt.«

»Wer ist Helena?«

»Susis Mutter.«

Daß Frau Quedlinburg einen Anwalt schickte, ohne sich vorher mit ihm besprochen zu haben, schmerzte Hofbauer. Er fand es anmaßend und egoistisch.

Er betrachtete seinen Sohn. Bastians Haare waren sorgfältig gekämmt, er war blaß, der blaue Einheitsanzug war ihm sichtbar zu groß. Er wirkte unausgeschlafen. Die folgende Frage war blöd, aber Hofbauer stellte sie trotzdem. »Wie geht es dir?«

»Glänzend.«

»Warum sagst du nicht die Wahrheit? Warum sagst du nicht, daß du unschuldig bist?«

Bastian schüttelte unwillig den Kopf.

»Hast du Kalduweit erwürgt?« Hofbauer schrie jetzt so laut, daß sich die Besucherin neben ihm empört zu ihm umdrehte.

»Nein«, antwortete Bastian.

»Du hast die Uhr also nur gefunden?«

»Frag deinen Freund!«

»Er ist nicht mein Freund!«

»Meinetwegen.«

Er war mit seinem Latein am Ende. Die Glasscheibe zwischen ihm und seinem Sohn war meterdick, er konnte sich nicht vorstellen, sie jemals durchdringen zu können. »Hat Lichtlein dich angegriffen, körperlich, meine ich?«

»Er hat gestunken.«

Hofbauer versuchte einen neuen Anlauf. »Weißt du, daß du jahrzehntelang in den Knast mußt, wenn sie dich verurteilen?«

»Susi wird auf mich warten.«

»Mein Gott!« Er konnte es nicht begreifen.

Wieder einmal kramte Hofbauer in seinem Gedächtnis nach irgendeinem Ereignis aus seiner eigenen Jugendzeit, nach Abenteuern, in denen er ähnlich borniert gehandelt hatte, aber er konnte nichts finden. Gut, sie hatten mal ein Huhn mit der Steinschleuder zu Tode gebracht. Und in der Würm schwarz gefischt. Und ab und zu Geld aus dem väterlichen Mantel geklaut. Wieso fischte sein Junge keine Forellen aus der Würm? Warum saß er in U-Haft und hatte keinen Schimmer, in welcher Gefahr er sich befand?

»Ich brauch unbedingt 'nen Joint«, unterbrach Bastian seines Vaters Gedanken. »Gegen Geld bekommt man hier alles. Kannst du dafür sorgen, daß ich ein bißchen Kohle kriege?«

Und wieder beging Hofbauer einen Fehler. Statt die letzten Sätze Bastians schlicht zu überhören, erging er sich einer Ansprache über die Schädlichkeit des Kiffens. Voller Verzweiflung geriet er immer tiefer in eine sinnlose Predigt hinein, so daß er gar nicht mitbekam, wie sein Sohn ihn immer verständnisloser anstarrte. Er sah nicht die Mischung aus Wut und Enttäuschung in Bastians Gesicht, er redete und redete, bis der Junge aufstand und mit einem der Vollzugsbeamten verschwand.

Erst als Hofbauer den leeren Stuhl auf der anderen Seite der Glasscheibe sah, merkte er, was geschehen war. Er blieb noch eine ganze Weile sitzen. Das Stimmengewirr um ihn herum schwoll an, ebbte ab, schwoll wieder an. Wortfetzen drangen an sein Ohr: Verteidiger, Bewährung, hoffentlich, Opa nichts verraten, Staatsanwalt, keine Ahnung, kalt. Die Frau neben ihm erzählte Geschichten von einem Hund, der totgefahren worden war. Und von Leberwurstbroten, die sie beim nächsten Mal mitbringen wollte.

Hofbauer betrachtete den einsamen Stuhl auf der anderen Seite. Er fragte sich, warum Claudia noch nicht erschienen war. Was das für ein Anwalt sein mochte, den Susis Mutter schikken wollte. Hofbauer kannte eine ganze Reihe guter Anwälte. Bastian mußte das wissen. Mußte er das wirklich?

Man würde ihn vom Gymnasium werfen. Sein Leben war versaut. Der Sohn eines Kripobeamten in U-Haft. In Stadelheim.

Jesus, Maria und Josef!

Es fiel ihm nichts anderes ein als dieser urbayrische Entsetzensschrei. Und gleichzeitig überkam ihn wieder dieser Lachanfall. Es schüttelte ihn geradezu, er wunderte sich, daß die Saalwächter nicht kamen, um ihn wegzuschleppen.

Er stand auf. Die Besuchszeit war vorbei, Abschiedsgrüße flogen über die Glasscheiben und wieder zurück, man trennte sich nur schwer von den Kindern, die es hierher verschlagen hatte.

»Bastian«, murmelte Hofbauer, »ich hol dich hier raus!«

Sein Handy klingelte.

»Was gibt's?«

»Hier Dieckmann. Schon das Abendblatt gelesen?«

»Nein.«

»Sollten Sie aber.«

Er war auf dem Weg in seine Wohnung, ging die kurze Strecke bis zur Perlacherstraße zu Fuß. Dort wollte er sich frischmachen, vielleicht bei Odysseus eine Kleinigkeit essen.

»Ich habe mit Bastian gesprochen«, sagte der Kommissar. »Ich komme grade von ihm. Er ist unschuldig.«

»Für das Abendblatt sieht der Fall anders aus.«

»Für mich nicht.«

Hofbauer spürte, wie Dieckmann mit sich kämpfte. »Ich gebe Ihnen Zeit bis Sonntag, 24 Uhr«, sagte er. »Der richterliche Beschluß, Ihren Sohn festzuhalten, ist da. Sollte sich bis zum vereinbarten Termin nichts wesentlich Neues ergeben haben, wird Schilcher den Fall Bastian Hofbauer übernehmen.«

»Nicht Lichtlein?«

»Nein.«

»Ich danke Ihnen!«

»Keine Ursache.«

Fast automatisch wartete Hofbauer auf die abschließende Frage nach einem Tip für Dieckmanns Bergtour am Wochenende, aber als nichts kam, murmelte er einen Gruß und beendete das Gespräch.

An einem Kiosk erstand er das neueste Exemplar des Abendblatts. Der Aufmacher hatte es in sich: *Mordfall Kalduweit: Sohn von Münchner Kripokommissar verhaftet.* Es folgte ein Brei Lichtleinscher Erkenntnisse, profihaft zubereitet vom zuständigen Reporter. Dazu das Foto von Bastian, doppelt so groß wie beim ersten Mal. Nahm man den Bericht ernst, hatte der Junge nicht die geringste Chance.

Hofbauers Übelkeit meldete sich vehement. Schweißausbrüche zwangen ihn, langsamer zu gehen. Beim Hochhaus angekommen, fuhr er mit dem Lift in den fünften Stock, duschte, setzte sich an den Tisch und las den Bericht noch einmal.

Bastian hatte, so der Artikel, in der vergangenen Freinacht auf einer »Zerstörungstour durch den friedlichen Münchner Vorort Planegg« ein Dutzend Autoreifen zerstochen. Zusammen mit seinen Kumpanen Kai Avemarg, Tim Pichler und

Gerald Kobeck. Dann hatte er auf der kleinen Würmbrücke am Ortseingang von Gräfelfing dem 81-jährigen Rentner Siegmund Kalduweit eine wertvolle goldene Uhr entrissen, den Rentner kaltblütig erdrosselt und in den Fluß Würm geworfen. Bastian habe, so das Blatt, den Mord bereits zugegeben.

Hofbauer sprang auf, rannte zur Toilette und übergab sich. Er duschte ein zweites Mal, zog sich langsam an. Telefonierte mit Claudia. Die wußte bereits Bescheid. Sie war entsetzt. Sie hatte die Würmtal-Ausgabe der SZ gelesen, Bodo Klotz hatte dort zur Feder gegriffen, korrekt in der Berichterstattung, skeptisch in seinem Kommentar.

»Aber trotzdem hat jede Zeile wehgetan«, sagte Claudia.

»Das kann ich nachfühlen«, nickte Hofbauer.

Er erzählte von seinem Besuch in Stadelheim, wobei er versuchte, möglichst positiv und zuversichtlich zu klingen.

»Lichtlein lügt«, sagte er. »Die Zeitung ebenfalls. Bastian ist in Kürze wieder frei.«

Er war sich nicht sicher, ob Claudia ihm glaubte. Sie vereinbarten, Claudia solle Kontakt mit Frau Quedlinburg aufnehmen, was den Anwalt betraf. Hofbauer selbst nannte drei Adressen, die sich Claudia notierte. Er legte ihr die drei Namen nachdrücklich ans Herz.

Mitten im Gespräch sagte sie: »Glaubst du, daß er's gewesen ist?«

»Bastian ist unschuldig«, antwortete Hofbauer. »Eindeutig unschuldig. Ein Glück, daß ich die Untersuchungen führe.« Er zögerte. »Ich bin ganz nah dran am wirklichen Täter«, setzte er hinzu. »Ich fahre sofort mit Anita raus nach Planegg.«

»Bastian war in letzter Zeit so merkwürdig.«

»Ich weiß.«

»Vielleicht hätte ich besser auf ihn aufpassen sollen.«

Er dachte an Claudias Hinweise auf Bastians Selbständigkeit. Aber er sprach nicht davon. Er versuchte, ein wenig Wärme in seine Stimme zu legen. »Ich schaffe das«, sagte er. »Verlaß dich drauf!«

Ein paar Trostworte wären besser gewesen, er spürte es vage. Seine Antwort war typisch. Sie war die Antwort des Ehemanns, der auf den Wunsch seiner Frau nach mehr Zärtlichkeit in die Garage geht, um den Rasenmäher rauszuholen. Aber er war mit Claudia nicht mehr verheiratet. Es ging um Bastians Leben. Und um Hofbauers Ehre. Aber auch der Begriff Ehre stellte sich, von weiblicher Seite aus gesehen, anders dar als aus der Sicht des Planeten Mars. Er verabschiedete sich mit dem Hinweis, den Kopf nicht hängen zu lassen. Und er fragte sich bedrückt, wo er nun tatsächlich den Hebel im Fall Kalduweit anzusetzen hatte. Er hatte nur noch vier Tage Zeit.

Anita holte ihn mit dem Auto ab.

Hofbauer unterrichtete seine Mitarbeiterin kurz über das Ultimatum, das Dieckmann gestellt hatte.

»Der macht es sich leicht«, war Anitas einziger Kommentar.

Im Bräustüberl angekommen, fertigten sie aufs Neue ihre Liste an:

Jockl Temsch (Joe): Saß auf seiner Bude, hat gelernt. Überprüfung: Stimmt.

Ines Gabor (Alice): Mit dem Lover auf der Couch. Überprüfung: Könnte stimmen.

Amalie Gallwein (Lady Loxfield): War nicht in Stuttgart. Wo sie wirklich war, ist noch zu eruieren.

Karin Möhl (Philippa): Bereitete sich nicht auf die Kindergärtnerinnen-Prüfung vor. War mit Paul Grollberger im Kino, dann Aufenthalt unbekannt.

Paul Grollberger (Malcolm): Mit Karin Möhl im Kino. Dann Aufenthalt unbekannt.

Emmy Kalduweit (Dorothy): Verhältnis mit Tiffy Bahlke. War mit Bahlke im TIK. Alibi: Bahlke.

Michael Bernold: Bio-Freak. Alibi o.k.

Ludwig Gäubel (Sir George): Herzattacke zwischen 22 und 23 Uhr. Rückfrage beim Arzt ergab Bestätigung.

Heidi Müller (Mutter Batley): Fernsehen. Rückfrage bei den Nachbarn: Bestätigt.

Tiffy Bahlke (Regie): Verhältnis mit Emmy Kalduweit. Alibi durch Emmy K.

Gertrud Finkenzeller (Souffleuse): Aufenthalt im Tarot-Club bestätigt.

»Lassen wir den Skatclub weg?« fragte Anita.

Hofbauer nickte.

»Und den Ornithologen?«

»Bitten wir zur Kasse!«

»Dann haben wir«, sagte Anita, »folgende Persönlichkeiten, die als vermutliche Täter in Frage kommen: Ines Gabor, Amalie Gallwein, Karin Möhl, Paul Grollberger, Emmy Kalduweit, Tiffy Bahlke.«

»Und den Flußregenpfeifer.«

»Richtig.«

»Sowie Kai Avemarg, Tim Pichler und Gerald Kobeck. Wobei wir mit Kai ja schon Bekanntschaft geschlossen haben.« Man sah Anita deutlich an, daß sie sich an das Erlebnis mit der Autotür nicht unbedingt gerne erinnerte.

»Bastians Freunde kommen als Täter nicht in Frage«, stellte Hofbauer fest. »Es sind harmlose Burschen. Aber keine Mörder.«

»Dann bleibt nur noch der große Unbekannte, von dem wir bis jetzt noch nicht das kleinste Fitzelchen wissen«, sagte Anita. Ein unwilliges Knurren ihres Gegenübers war die Antwort.

Der Wirt erschien, fragte freundlich nach eventuellen Wünschen. Aber der Kommissar hatte noch immer keinerlei Appetit. Auch Anita winkte ab. Also bestellten sie zusammen eine Flasche Wasser.

»Mit Strohhalm«, lachte Anita. Ein Blick auf die zusammengekniffenen Lippen ihres Chefs ließ sie verdattert ein paar Worte murmeln, die nach »Verzeihung« klangen.

»Du brauchst dich nicht zu entschuldigen«, sagte Hofbauer. »Aber der Dreck, in dem wir momentan stecken, ist einfach zu gewaltig für ein freundliches Gesicht.« Er sagte absichtlich »wir«, Anita nahm es mit Genugtuung zur Kenntnis. Hofbauer griff sich den Kugelschreiber, malte ein paar Kreuze auf die Liste.

»Die sind für dich«, sagte er. »Der Flußregenpfeifer, die geheimnisvolle Karin Möhl und ihr Kurschatten Paul Grollberger. Du mußt rauskriegen, wo sie sich am Samstag nach dem Kino tatsächlich rumgetrieben haben.«

»Ich kümmere mich um sie!«

»Danke!«

Das Wasser kam, mit zwei Gläsern. Anita spielte den Mundschenk.

»Die drei Freunde Bastians übernehme ich«, sagte Hofbauer. »Ich muß trotz allem noch mal mit ihnen sprechen. Und den Rest der Theatergruppe erledige ich ebenfalls. In Planegg, in Martinsried, in Krailling. Im ganzen Würmtal. Ich mache alles, Entschuldigung, *wir* machen alles. Salute!« Sie stießen die Gläser aneinander.

Prosecco wäre wirksamer, dachte Anita. Aber sie sagte es nicht laut.

Hofbauer sprang auf, so hastig, daß der Gartenstuhl umkippte. Er warf einen Fünf-Euroschein auf den Tisch, trank im Stehen sein Glas leer.

»Heute abend in der ›Fremden Stadt‹!« Er stürmte zum Ausgang. »Wir zerlegen sie in ihre Einzelteile. Stück für Stück!«

Noch ehe Anita den Mund aufmachen konnte, war der Kommissar in den Wagen gestiegen und davongefahren. Sein Ziel war »Gene-Valley«, das aufstrebende Martinsried.

»Dann werde ich mich halt zu Fuß auf Verbrecherjagd begeben«, murmelte Anita.

Noch vor vierzig Jahren war Martinsried das gewesen, was man, ein wenig despektierlich, ein »Bauernkaff« nannte: Ein Wirtshaus, eine Kirche, ein paar Misthaufen. Und drumherum Wiesen, Felder und Wälder. Wie es im christkatholischen Bayern seit ewigen Zeiten üblich war. In den siebziger Jahren des vergangenen Jahrhunderts wurden aus den Feldern und Wäldern Kiesgruben und aus den Wiesen Bauland. Die Ökonomen verkauften, die Wohnbaugesellschaften bauten, und die Nordlichter kamen in Scharen.

Statt Blumen blühen jetzt die Wissenschaften.

Martinsried ist, zumindest in Chemiker- und Biologenkreisen, berühmter als Planegg. In Planegg nimmt man dies mit verhaltenem Stolz zur Kenntnis. In Martinsried vergißt man zuweilen, daß man zu Planegg gehört. Die beiden Orte grüßen sich freundlich, wenn sie einander begegnen. Und seit es am Ortsrand von Planegg direkt beim bekannten und hochgeschätzten Feodor-Lynen-Gymnasium die seit Jahrzehnten herbeigesehnte Aula gibt, trifft man sich immer öfter an diesem Knotenpunkt der Kultur. Und stellt zufrieden fest, daß man sich recht sympathisch findet.

Derlei Gedanken flogen durch Hofbauers Kopf, als er seinen Wagen in Richtung »Gene-Valley« lenkte. Sie schoben sogar die Wolken ein wenig zur Seite, die sich Bastian nannten. Aber sie verknoteten sich trotz allem zu einer unentwirrbaren Masse, in deren Mitte sich die fast schon hysterische Hoffnung bildete, seinen Sohn wirklich und wahrhaftig bis zum Sonntagabend freizubekommen. Voraussetzung war, daß er mit seinen Ermittlungen zügig vorwärtskam. Daß zum Beispiel Ines Gabor an ihrem Arbeitsplatz anzutreffen war.

Die Schöne war anzutreffen. In einem Großraumbüro in der Röntgenstraße. Sie empfing Hofbauer mit ihrem Profilächeln, dem strahlenden Lächeln einer Zahnpastareklame. »Ich habe Sie schon erwartet«, hauchte sie.

»Wieso denn das?« Hofbauer nahm auf dem Hocker Platz, den eine zweite Diva ihm unter den Hintern geschoben hatte. Er sah sich um. Das ganze Büro schien zu strahlen. Ein halbes Dutzend geklonter Leuchtbienen saß vor den Computern und war glücklich. Wobei der Kommissar beim besten Willen nicht feststellen konnte, was die Damen eigentlich taten.

»Wieso haben Sie mich erwartet?« nahm er den Begrüßungssatz von Ines Gabor auf.

»Ich liebe Männer gesetzten Alters.« Zahnpastalächeln, Superklasse.

»Ich komme im Mordfall Kalduweit.«

»Siegmund allerdings war zu alt!«

»Wofür?« Hofbauer fragte sich, ob er in die Schaltstelle eines Call-Centers geraten war. Zumal einige der Bienen intensiv telefonierten.

»Was heißt, er war zu alt?«

»Er hätte uns beinahe rausgeschmissen. Aus dem Keller.« Verführerisches Übereinanderschlagen der Beine.

»Und?«

»Er wollte mir an die Wäsche.«

»Ach so!«

»Ging aber nicht!«

Die Computerbienen betrachteten ihn aus leicht viereckigen Augen. Hofbauer versuchte, sich auf Ines zu konzentrieren. Unter Umgehung ihrer Beine.

»Er brachte keinen hoch.«

In Ines Gabors Lächeln mischte sich zum ersten Mal ein gehöriger Schuß Bosheit. »Ich hätte ihn schon rangelassen. Ein bißchen wenigstens. Aber wie gesagt, der Geist war willig, aber das Fleisch war schwach.«

Hofbauer fühlte sich zusehends ungemütlich. Er war Offenheit gewohnt, er glaubte zumindest, es zu sein. Aber darauf war er überhaupt nicht vorbereitet. Vielleicht saß er in einem bestens getarnten Edelpuff?

»Ich habe ein Stück geschrieben.« Die Gabor wechselte das Thema. »Ein Theaterstück. Ich bin nämlich auch schriftstellerisch sehr begabt.«

»Aha!«

»Nicht nur als Schauspielerin. Wollen wir zusammen einen Kaffee trinken?«

Ehe er auf seinen schwachen Magen hinweisen konnte, saß er mit Ines in einem kleinen, gemütlichen Nebenzimmer. Zum Glück gab es hier kein Sofa, wie Hofbauer befürchtet hatte. Ines fabrizierte eine Art Cappuccino, indem sie das aufgebrühte Kaffeepulver durch einen Filter preßte und dann die so entstandene Flüssigkeit in zwei Tassen goß.

»Zucker? Milch?«

»Danke.« Hofbauer nahm zwei Stück Zucker und eine Minidosis Milch. Während er das süße Gebräu probierte, stellte er fest, daß es an der Zeit war, das Gespräch dahin zu führen, wohin er es haben wollte. Nämlich ganz konzentriert auf den Mord.

»Sie waren also«, begann er sachlich, »in der Tatnacht mit einem gewissen Herrn Contardi zusammen. In der Utzschneiderstraße 23 in München.«

»Wie offiziell zu Protokoll gegeben.«

»Wir haben das überprüft. Obwohl Herr Contardi nicht sehr, sagen wir mal, mitteilsam war.«

Die Gabor lachte. Allerdings nicht mehr so silberhell wie vorher. Auch ihr Strahlen war verschwunden, sie sah unerwartet blaß aus. Hofbauer wunderte sich sehr.

»Herr Contardi ist nach Köln entwichen«, sagte sie. »Ich bin wieder alleine. Mit mir und meinem Goldfisch.«

»Wollten Sie mit Ihrem, hm, kleinen Flirt mit Kalduweit erreichen, daß er die Truppe nicht feuert?« Hofbauer trank seinen Kaffee aus, setzte die Tasse behutsam auf ihren Unterteller.

»Sie sagen es.«

»Und?«

»Ich sprach bereits davon: Es hat nicht geklappt. Kalduweit war zu tattrig.«

»Dann hing also diese Drohung auch weiterhin über dem Ensemble?«

»Möglich.«

Die Schöne ging zu einem Schreibtisch, holte eine Mappe heraus. Legte sie auf den Tisch. Fast feierlich öffnete sie die Mappe, nahm einen Stoß eng mit Computerschrift bedeckter Blätter heraus.

»Mein Stück«, sagte sie stolz. »›Mord kennt keine Gnade‹. Wie finden Sie den Titel?«

»Phantastisch!« log Hofbauer.

»Wir wollten das Stück nach der ›Fremden Stadt‹ bringen. Mit mir in der Hauptrolle. Allerdings gab's da einen kleinen

Haken.« Sie setzte sich auf den Tisch, schlug erneut ihre Beine übereinander. »Tiffy fand das Stück miserabel. Seine Liebste auch. Und gegen dieses Traumpaar war kein Kraut gewachsen. Leider!«

»Was hat denn Kalduweit zu Ihrem Werk gesagt?«

»Ich hab's ihm gegeben. Aber er hat es nie gelesen.« Ines Gabor versenkte die Blätter wieder in der Mappe, legte sie in den Schreibtisch zurück. »Vielleicht ist es wirklich nicht so gut. Vielleicht muß ich noch 'ne ganze Menge lernen.« Zum ersten Mal sah sie sympathisch aus, ohne Strahlemann, ohne aufgesetztes Lächeln.

Hofbauer räusperte sich. »Ist Ihnen irgendwas aufgefallen an Kalduweit? Vor seinem Tod?« Er hatte keineswegs vergessen, warum er in diese absonderliche Damenlobby vorgedrungen war.

»Ich träumte, ich sähe die neue Stadt – die Stadt meiner Freunde sah ich im Traum ...« Ines sprach es mit dem gleichen Gesichtsausdruck, den er von Heidi Müller mit ihrer Kittelschürze her kannte.

»Wir klären einen Mordfall, Frau Gabor, sagen Sie mir bitte, was Sie wissen. Und was mir weiterhelfen könnte.«

»Kommen Sie heute abend zur Probe.« Sie stand auf, ließ ihre Beine, so weit es ging, unter ihrem Rock verschwinden.

»Schauen Sie uns zu. Jeder von uns hat sein Geheimnis. Noch einen Kaffee?«

»Nein.«

Sie gingen zur Tür. Ines blieb stehen, stellte sich auf die Zehenspitzen, flüsterte Hofbauer ins Ohr:

»Entschuldigen Sie, ich möchte Ihnen die Geschichte von Buster Clayhorn erzählen. Sie kennen ihn sicher, wissen Sie, der die Blauen kommandierte!«

»Ich hab das schon mal gehört«, sagte Hofbauer.

»Das sagt Gäubelchen zu Lady Loxfield.«

»Stimmt.«

Hofbauers Handy rappelte, es war Claudia, sie klang aufgeregt und sehr verzagt. »Rechtsanwalt Voss übernimmt Bastians Fall.« Sie kam sofort zur Sache. »Er ist einer von den drei Namen, die du mir genannt hast. Er besucht Bastian noch heute. Frau Quedlinburg ist beleidigt, daß wir nicht ihren Anwalt genommen haben.«

»Frau Quedlinburg kann mir gestohlen bleiben.«

»Rechtsanwalt Voss läßt fragen, ob du morgen nochmal mit zu Bastian kommst.«

»Das wird nicht gehen.« Er suchte mit seinen Blicken Ines Gabor, aber sie war nicht mehr zu sehen. Er war alleine im Zimmer. »Ich darf Bastian nur alle zwei Wochen besuchen«, sagte Hofbauer. »Ich bin ein ganz normaler Angehöriger, verstehst du, auch wenn ich ...«

»Voss wird das deichseln. Er will verhindern, daß Bastian irgendwas unterschreibt, das ihm schaden könnte.«

»Gut. Ich setze mich mit Voss in Verbindung.« Hofbauer wollte noch ein paar Sätze dranhängen, ein paar erläuternde Worte über den Rechtsanwalt, aber Claudia hatte das Gespräch schon beendet.

Er verstaute das Handy wieder in der Jackentasche. Auf dem Gang stieß er mit einem jungen Mann zusammen, den er kannte. Es war Jockl Temsch, alias Joe, mit blauen Augen und frischem Teint.

»Angenehm, Temsch«, sagte der junge Mann. Sie standen recht unbehaglich auf dem Gang herum, bis Hofbauer den Grund seines Hierseins erklärte.

Temsch nickte eifrig, erklärte, er sei der Chef des kleinen Unternehmens, studiere »nebenher« auf der Uni, aber das wisse Hofbauer ja schon. Ob er weiterhelfen könne?

Hofbauer sagte, er sei schon auf dem Rückweg nach Planegg. »Darf ich fragen«, er schnitt eine Grimasse, »nur zu meiner Information: Was machen Ihre Damen hier eigentlich wirklich?« Er deutete in Richtung Bienenbüro.

»Das frage ich mich zuweilen auch!« Temsch lachte herzlich. »Wenn ich mich recht erinnere, haben wir was mit Unternehmensberatung zu tun. Könnte aber auch sein, daß ich mich irre!« Er lachte erneut. »Übrigens, nur zu Ihrer Info: Ich habe *kein* Verhältnis mit Ines Gabor. Aus ganz gewissen Gründen.« Er zog sich winkend hinter eine weitere Bürotüre zurück.

Hofbauer ging noch einmal in das Innere des Bienenstocks, verabschiedete sich von der Gabor. Sie hatte sich wieder in die Strahlende verwandelt – zu seinem großen Bedauern.

»Schade«, murmelte Hofbauer.

»Sie meinen?«

»Ach nichts!«

Sie schenkte ihm einen Augenaufschlag.

»Danke für den Kaffee«, sagte der Kommissar.

»Aber ich bitte Sie.« Sie klopfte in die Tastatur, der Drukker schnurrte, dann nahm sie das frisch beschriebene Blatt und reichte es Hofbauer. »Bis später mal«, hauchte sie.

Hofbauer nahm das Blatt, nickte, und stolperte nach draußen. Dort las er die Botschaft: *Wen kommandierte Siegmund K.? Viel Erfolg! Ines.*

Sie begannen mit Atemübungen. Sie legten sich auf den Boden und sprachen irrwitzige Sätze und versuchten, das Zwerchfell zu spüren. Tiffy spielte Regisseur im TIK, und seine Untertanen spielten gehorsam mit. Amalie Gallwein glänzte durch erneutes Nichterscheinen, was allerdings nur kurz für Unruhe sorgte.

»Die kommt schon noch«, tröstete der Regisseur sich und seine Gefolgschaft. »Ich kenne sie zur Genüge.« Und er befahl, die Hände auf den Nabel zu legen und den Bauch bei jedem Atemzug zu heben und wieder zu senken. Die beiden Kriminaler saßen in der hintersten Reihe und sahen zu.

»Der Flußregenpfeifer ist ausgeflogen«, informierte Anita flüsternd ihren Chef. »Da war nix zu machen.«

»Und die Tante mit Hut wurde vom Erdboden verschluckt.«

»Dafür hat unsere Kindergärtnerin um so ausgiebiger gesungen.«

»Laß hören!«

»Ruhe!« Tiffy Bahlke streckte seinen Kopf in Richtung der Störenfriede. »Wir befinden uns in einer wichtigen Konzentrationsphase. Würden Sie uns, wenn Sie schon ständig mit dabei sein müssen, wenigstens nicht stören?«

»Wir tun unser Bestes!« Hofbauer stand auf und schlich mit seiner Mitarbeiterin nach vorne, empört beäugt von den Atmenden. Der Kommissar deutete fragend nach oben, so lange, bis die Kalduweit seinen ausgestreckten Zeigefinger entdeckt hatte und zustimmend nickte. Sie stiegen die Treppe hinauf, setzten sich an den Tisch. »Schieß los!«

Anita berichtete, sie habe Karin Möhl in Gräfelfing besucht, in der kleinen Wohnung am Wasserbogen. Sie habe sich recht vernünftig gezeigt. »Es sollte ein kleiner Putsch vorbereitet werden«, sagte Anita und lächelte fein. »Karin Möhl, Paul Grollberger und unsere Tante mit Hut trafen sich am Samstagabend nach dem Kino im Asado-Steakhaus beim Viktualienmarkt.«

»Und?«

»Sie wollten Kalduweit seines Postens entheben, vornehm ausgedrückt.«

»Jetzt versteh ich gar nichts mehr.« Hofbauer nahm eines der Fotoalben, das auf dem Tisch lag, und blätterte geistesabwesend darin herum. Die schöne Ines sollte ihn verführen, überlegte er laut, damit die Truppe auch weiterhin im Kellertheater spielen durfte. Die Meuterer um Karin Möhl aber wollten Kalduweit nicht mehr haben. Ohne Rücksicht auf Verluste.

»So ist es Chef!« Anita räumte ein leeres Weinglas zur Seite. »Wie das Leben so spielt. Es menschelt überall.«

»Du bist ein kluges Mädchen.«

Die Haustür quietschte, ein Hut schwebte vorbei und die Treppe hinab, getragen von einer süffisant dreinblickenden Amalie Gallwein.

»Tiffy hat recht gehabt«, stellte Hofbauer anerkennend fest. »Lady Loxfield läßt ihn nicht im Stich.«

»Er kennt seine Pappenheimer.«

Erneut nahm sich der Kommissar das Fotoalbum vor, betrachtete vergilbte Schwarzweißbilder, geschmückt mit gezackten Rändern aus der Zeit der fünfziger Jahre.

Vom Keller herauf drang der Schrei Malcolms, der seinen Chef zum hundertsten Mal eine verachtungswürdige, alte Kröte nannte.

»Den Meuterern kam Kalduweits Tod nicht ungelegen«, sagte Hofbauer nachdenklich.

»Kalduweits Tod kam niemandem ungelegen.«

»Wir kriegen alle noch unsere Alterskatastrophen, keine Angst. Kalduweits ganz persönliche Katastrophe allerdings wurde abrupt beendet.« Er lehnte sich zurück. »Wir haben noch drei Tage Zeit, herauszufinden, von wem.«

»Ich weiß.«

Das nächste Album zeigte Emmy auf einem Balkon, vermutlich dem ihrer Münchner Wohnung. Es waren die ersten einigermaßen guten Farbfilme, die es damals gab, und Emmys jugendliche Reize wetteiferten erfolgreich mit einem Strauß Margeriten und einem Stock dorniger Rosen. Sie gab sich selbstbewußt, mit vorgeschobenem Kinn und weltoffenem Mieder.

»Chef?«

»Hm!«

»Wissen Sie, wieviele Überstunden ich in diesem Jahr bereits angesammelt habe?«

»Nein!«

»Raten Sie mal!«

»Ich rate nie.«

Mit einer energischen Handbewegung wischte Anita ein paar Krümel vom Tisch. »148! Wann soll ich die denn jemals abfeiern?«

»Keine Ahnung.«

Das dritte und das vierte Album waren an der Reihe. Hofbauers anfangs eher lahmes Interesse stieg. Zum ersten Mal sah man auch Siegmund auf den Fotos, in kurzen Hosen und mit deutlichem Hang zur Vollglatze.

»Englischer Garten, Sommer '78« stand unter den Bildern. Oder: »Undosa Bad«. Später auch: »Leutstetten, Winter '82«. Hier konnte man ihn sogar in Skihose und Anorak bewundern. Allerdings immer nur am Rande, Hauptmotiv war eindeutig die schöne Gattin.

Mitte der achtziger Jahre hörten die Knipsereien auf. Sie wurden, nach langer Pause, ganz offensichtlich von dem Profi fortgesetzt, der für die Großportraits an den Wänden verantwortlich war.

»Chef?«

»Hm!«

»Kann ich nach Hause gehen? Ich hab noch ein paar wichtige Takte mit meinem Süßen zu bereden.«

»Du bleibst da und zwar sofort!«

»Karl Valentin«, murmelte Anita verdrossen. »Was wohl nie ganz zu vermeiden sein wird.«

Hofbauer hörte sie nicht. Er starrte auf ein kleines, viereckiges Etwas, das zwischen ein paar lose in Album Nummer vier verstauten Weihnachtskarten steckte. Es war ein Blatt Papier, etwa Größe DIN A5, auf der Vorderseite stand, in aufgeklebten Buchstaben: »Mord kennt keine Gnade!« Die Buchstaben stammten eindeutig aus Zeitungen der vergangenen Wochen oder Monate.

»Geh bitte zur Theatergruppe«, Hofbauer klopfte nervös auf der Tischplatte herum, »und schick mir die Gabor. Dringend!«

Wortlos stand Anita auf und verschwand nach unten. Nach fünf Minuten erschien sie wieder, mit bedauerndem Achselzucken. Sie sagte: »Es geht leider nicht, Chef. Sie sind mitten im dritten Akt. Karin Möhl kann ihren Text mal wieder nicht, Tiffy steht kurz vor dem Kollaps.«

»Dem Manne kann geholfen werden!« Der Kommissar stürmte nach unten, Anita folgte zögernd. Was sie sahen, war eine Art Trauerspiel. Die Möhl saß heulend auf dem Holzpflock, die Kalduweit und die Gallwein trösteten sie. Tiffy rannte auf der Bühne herum, wie der zürnende Gott Wotan. Der Rest der Gruppe stand in der Ecke und wartete darauf, was passieren würde. Die beiden Kriminaler nahm man überhaupt nicht zur Kenntnis.

Gäubel löste sich aus der Gruppe der Wartenden. »Nun, Herr Regisseur, Sie sind dran!« Herausfordernd zupfte er Tiffy an der Schulter.

»Das weiß ich selbst«, knurrte Tiffy.

»Ihr Genie ist gefragt.«

»Dreckskerl!«

»Höflichkeit ist das Gebot der Stunde.«

»Halt's Maul!«

Ines Gabor lachte schrill, was Tiffy nur noch mehr in Rage versetzte. Erst als Heidi Müller ihn bei der Hand nahm und leise auf ihn einsprach, gelang es ihm, sich ein wenig zu beruhigen. Sie gingen ein paarmal vor der Bühne auf und ab, Gäubel feixte weiterhin unverschämt, so lange, bis Jockl Temsch fröhlich rief: »Entspannt euch! In 48 Stunden ist Generalprobe.«

»Witzbold!« schnaubte Tiffy.

Karin Möhl schluckte noch ein paarmal, begann aber, ihre Tränen zu trocknen. Die Gallwein rückte ihren Hut zurecht und stellte sich der Möhl gegenüber. Die anderen klatschten verhalten Beifall.

»Sie packen's nochmal«, flüsterte Anita, »welch ein Wunder!«

»Ruhe!« Das war die Souffleuse, die auch etwas sagen wollte.

»Dritter Akt, zehnte Szene«, gab sie bekannt, »Lady Loxfield und ihre Tochter Philippa diskutieren, ob sie in der Stadt bleiben sollen oder nicht.«

»Ich gehe nicht mit zurück, Mama«, begann Karin Möhl.

Erstaunt stellte Hofbauer fest, daß sie immer noch ihr Textbuch in den Händen hielt.

»Sei nicht töricht, Philippa!« antwortete Lady Loxfield. *»Mach schnell! Sir George und ich warten schon lange.«*

»Ich gehe nicht mit euch zurück. Ich bleibe hier. Ich ... ich ...« Das Textbuch fiel zu Boden.

»Ich wollte das nicht!«

Karin Möhl war plötzlich nicht mehr Philippa, sondern wieder Karin Möhl. »Ich wollte nicht, daß Siegmund stirbt! Ich, wir, wir fanden ihn unerträglich. Aber daß er umgebracht wird, das wollten wir nicht, stimmt's, Amalie?«

Eisiges Schweigen war die Antwort. Die Gallwein tat das, was sie meistens tat, wenn es Schwierigkeiten gab: Sie nahm ihr Täschchen und stakelte nach oben. Man hörte die Tür ins Schloß fallen.

»Das müßt ihr mir aber erklären!« Emmy Kalduweit fingerte eine Zigarette aus einer Schachtel, zündete sie an und rauchte in hastigen Zügen. »Wieso habt ihr Siegmund unerträglich gefunden?« Sie drückte die Zigarette wieder aus. »Was er ja auch in der Tat gewesen ist. Manchmal.«

»Immer!« Gäubel schien alles ungeheuer lustig zu finden. »Er war immer unerträglich!«

»Treib's nicht zu weit, Sir George!« Tiffy ballte die Fäuste. Er ging zu seiner Liebsten hinüber und strich ihr demonstrativ über das Haar. Gäubel grinste.

»Sie scheinen sich ja alle schrecklich gern zu haben!« Anita hatte nicht die geringste Lust, in den Tiefen des Kellertheaters zu übernachten. »Und weil Sie sich alle so innig lieben«, sie verschränkte die Hände hinter ihrem Rücken, »erzähl ich Ihnen eine hübsche Geschichte.«

Ohne auf Hofbauer zu achten, berichtete sie von dem Treffen der drei Meuterer Möhl, Gallwein und Grollberger in München. Sie fügte hinzu, die drei Genannten hätten sich im Sinne des TIK zwar sicher nicht mit Ruhm bekleckert, könnten aber durch ihre Anwesenheit in dem Münchner Lokal ein tadelloses Alibi vorweisen. »Wozu nicht jeder von ihnen imstande ist!« beendete sie ihren Vortrag.

»Das ist das Ende!« In nicht gespielter Verzweiflung drehte Tiffy die Bühnenscheinwerfer aus, tauchte den Saal wieder in das normale Licht der Deckenbeleuchtung. Dann hockte er sich auf den Boden und stierte in eine Ecke.

Emmy Kalduweit war die erste, die sich wieder gefangen hatte. »Wie meinst du das mit dem Ende?« wandte sie sich an Tiffy.

»Unser Stück ist gestorben.«

»Aber warum denn?«

»Wir sind zerstritten wie noch nie. Und wir haben einen Mörder unter uns! Merkst du das denn immer noch nicht?«

»Auf geht's! Meldet euch!« Wieder einmal war es Gäubel, der für Unruhe sorgte. »Wer hat Kalduweit erdrosselt? Der Kommissar nimmt noch Geständnisse entgegen, kostenlos.«

Erhitzte Wortgefechte folgten.

Hofbauer betrachtete Gäubel mit zusammengekniffenen Augen. Der lief wie besoffen durch den Raum, legte sich mit jedem an, besonders mit Tiffy, den er offensichtlich zu seinem Feind Nummer eins erkoren hatte. Die Schauspieler scharten sich um Tiffy und die Kalduweit, forderten Sir George stürmisch auf, sich sofort zu entschuldigen. Er sei untragbar. Er mache alles kaputt.

Hofbauer winkte Ines zu sich. Ob er und Anita sie kurz mal sprechen könnten? Im Wohnzimmer?

»Aber ja!«

Sie stahlen sich die Treppe hinauf, ließen eine völlig desolate Mannschaft zurück. Oben angekommen, zog Hofbauer den Zettel aus der Tasche. »Stammt der von Ihnen?«

»Ja!«

»Und was bedeutet er?«

»Nichts Besonderes.«

»Eine Erpressung?«

Sie lachte. »Wenn Sie so wollen. Sie erinnern sich vielleicht: Das Stück, das ich geschrieben habe, hieß ›Mord kennt keine Gnade!‹ Ich hab die Buchstaben einfach so ausgeschnitten. Ich wollte den Alten ein bißchen ärgern.«

»Weil er das Stück nicht genommen hat?«

»Er hat es nie gelesen. ‚Stücke, in denen Mord vorkommt, nehme ich nicht‘, hat er gesagt. Aber das hab ich Ihnen doch schon alles erzählt!«

Der Kommissar nickte. »Haben Sie Tiffy auch so einen Brief geschickt? Er hat Ihr Stück ja auch abgelehnt.«

»Nein.«

»Warum nicht?«

»Keine Lust mehr gehabt.«

»Und das soll ich glauben?«

»Das müssen Sie nicht.« Ines hatte wieder ihr künstliches Strahlegesicht angeknipst, was Hofbauers Sympathie für sie nicht unbedingt hob. Er deutete auf den Zettel. »Wo haben Sie die Buchstaben her?«

»Aus irgendwelchen Illustrierten.«

Sie setzten das Frage- und Antwortspiel noch eine Zeitlang fort, ohne greifbares Ergebnis.

Völlig ungerufen erschien die Kalduweit, paffend wie ein Schlot. »Ich störe doch nicht?« zwitscherte sie. Sie zauberte Sektgläser herbei, schenkte ein und forderte das Trio auf, mit ihr anzustoßen. »Das Theater ist tot«, sie knallte ihr Glas gegen das von Hofbauer, »es lebe das Theater!«

Ines nahm auch diese Vorstellung mit Gleichmut zur Kenntnis. Sie lächelte und gab der Prinzipalin einen Kuß. »Hast du's mal wieder geschafft«, sagte sie.

»Es wäre nicht das erste Mal.«

»Du bist ein Genie!«

»The games must go on«, antwortete die Kalduweit.

Hofbauer stellte im Stillen fest, diesen Satz schon einmal gehört zu haben. Gleicher Ort, gleiche Dame.

»Samstag abend ist Generalprobe! Unten im Keller, wie geplant!« Die Gläser klirrten. »Und am Sonntag Premiere in der

Black Box. Zu Ehren meines toten Gatten!« Emmy Kalduweit faßte die beiden Beamten fest ins Auge. »Sie sind herzlich eingeladen!«

»Wir kommen. Verlassen Sie sich drauf!« Hofbauer nahm den Zettel der Gabor und hielt ihn der Kalduweit vor die Nase. »Interessant, nicht wahr?«

Die Wirkung war überraschend. Die Kalduweit riß das Papier an sich, stopfte es in Album Nummer vier und klappte es lautstark zu. »Ich hab niemandem erlaubt, hier rumzuwühlen«, zeterte sie. »Auch Ihnen nicht, Herr Kommissar!« Sie nahm die Alben und verstaute sie in ihrem Schreibtisch. »Mir ist schleierhaft, wer das auf dem Gewissen hat. Siegmund hat sich schrecklich aufgeregt. Er bekam einen Schwächeanfall.«

»Ich hab's geschrieben«, sagte Ines sanft. »War nur ein dummer Scherz. Beruhige dich, Emmy! Ich habe mit dem Kommissar alles geklärt.«

Aber die Kalduweit war nicht zu bremsen. Sie rannte ins Nebenzimmer, man hörte, wie sie eine Safetür öffnete, dann erschien sie wieder. »Hier! Was sagen Sie dazu?« Und zur Gabor gewandt: »Stammt das auch von dir, du Schlange?« Sie ließ zwei große Blätter Papier auf den Tisch flattern. »Wenn ja, bist du gefeuert! Noch in dieser Sekunde!«

Auf jedem der beiden Blätter klebte ein großes Foto. Unter den Fotos standen die drei Wörter: *Mord ist Mord!* »Ist vor 14 Tagen angekommen! Und das hier vor zehn. Das Datum steht noch drauf.«

»Das ist allerdings ...« Staunend betrachtete Hofbauer die anonymen Botschaften. Es waren Reproduktionen zweier Schwarzweißbilder. Das erste eine Art Schul- oder Klassenfoto, mit Blitzpulver aufgenommen. Es zeigte etwa zwanzig magere Kinder, die Buben mit kurzen Haaren und meist in Lederhosen, die Mädchen trugen Zöpfe und steckten in dirndlähnlichen Kleidern. Die älteren Kinder trugen Uniformen.

»Was sind das für Uniformen?« fragte Anita nachdenklich. »Hitlerjugend und BDM.«

»Was ist BDM?«

»Bund Deutscher Mädel. BDM stand für die weibliche Jugend, HJ für die männliche. Nazizeit, Zweiter Weltkrieg.«

Anita nickte.

Auf dem zweiten Foto konnte man einen ernst dreinblikkenden, jungen Mann erkennen. Er hatte einen Stahlhelm auf, trug ihn mit einem gewissen Stolz, obwohl der Stahlhelm nur mühsam von den Ohren daran gehindert wurde, ihm ins Gesicht zu rutschen. Der junge Mann war höchstens 16 Jahre alt. Auf Blatt eins hatte jemand das Datum »24. April« eingetragen, auf Nummer zwei stand »28. April«.

»Ich hab das Zeug gestern nachmittag entdeckt.« Emmy Kalduweit betrachtete ihr Proseccoglas, stellte es angewidert zur Seite. »Es lag unter Siegmunds Privatpapieren. Wie finden Sie das?«

»Nicht unbedingt lustig.« Anita nahm die Blätter, unterzog sie einer neuerlichen gründlichen Prüfung.

»Die Daten hat Ihr Mann draufgeschrieben?« fragte Hofbauer.

»So ist es.«

»Hat er irgendwas gesagt, als die Briefe kamen?«

»Nein. Aber da waren auch so komische Telefonanrufe.«

»Telefonanrufe?«

»Er ist jedesmal ganz blaß geworden und hat eingehängt.«

»Wann war das?«

»In den Tagen vor seinem Tod.« Die Theaterdirektorin bekam übergangslos einen massiven Alkoholkater. Sie hockte sich auf einen Stuhl, und wieder flossen die Tränen.

Betreten sahen Hofbauer und Anita zu.

»Er hat mir nie etwas erzählt.« Sie fand ein Taschentuch, versuchte die Tränenflut einzudämmen. »Was wußte ich schon von ihm, Herr Kommissar?« sie hob ihren Kopf, »was weiß Ihre Frau von Ihnen?«

»Das, äh ...«

»Das gehört aber doch nicht hierher, Emmy!« Mit sanftem Tadel kam die Gabor dem verlegenen Hofbauer zu Hilfe.

Die Kalduweit setzte sich wieder. Hofbauer sandte einen halb irritierten, halb dankbaren Blick in Richtung seiner Retterin. »Die Briefe kamen mit der Post?« nahm er das Verhör wieder auf.

»Vermutlich.«

»Sind die Umschläge noch da?«

»Nein.«

»Das wäre allerdings zu schön gewesen.«

»Schön wäre es gewesen, wenn Siegmund sie gar nicht erst bekommen hätte.« Die Prinzipalin schien sich langsam wieder zu erholen. »Du bist schuld«, schrie sie plötzlich und funkelte Ines Gabor böse an. »Du hast das alles angezettelt. Gib's doch zu!«

Die Gabor lächelte süffisant. »Du spinnst«, sagte sie, ohne allzu große Aufregung zu zeigen. »Geh zu deinem Jüngelchen hinunter und laß dich trösten.«

Emmy Kalduweit schnaufte empört.

»Moment mal!« Hofbauer hob abwehrend die Hände. »So einfach funktioniert das nicht!« Er sagte, er müsse die Schauspieler noch einmal nach oben bitten, einzeln, zum hoffentlich allerletzten Mal. Schließlich seien die Fotos nun mal da. Und Beweisstücke der ganz besonderen Art.

»Stimmt!« bestätigte die Kalduweit.

Sie fingen mit Jockl Temsch an und beendeten die Befragung bei der Souffleuse. Ohne Erfolg. Keiner hatte die Fotos jemals gesehen.

Mit einer Ausnahme. Als Gäubel kam, setzte er sich an den Tisch, neugierig und verschroben. Er betrachtete die Fotos, stutzte, dann sagte er ohne Umschweife: »Das sind Kinder der Planegger Volksschule. Muß so um 1944 oder 1945 gewesen sein.« Er deutete mit dem Finger auf das Foto. »Der Bauch Theo und sein Bruder Alfons. Die Klostermeier Lilly. Der Rittlinger Sepp.« Er legte das Bild auf den Tisch, nahm das Portrait des jungen Soldaten in die Hand und schwieg ein paar Sekunden. »Den Soldaten hier kenn ich allerdings nicht«, sagte er entschieden. »Wirklich nicht!«

»Was ist aus den Kindern geworden?«

»Weiß ich nicht. Könnte man aber rauskriegen, eventuell.«

»Und Sie selbst sind nicht dabei?«

»Nein. Ich war damals 14 Jahre alt. Und die hier sind viel jünger.«

Hofbauer pfiff leise durch die Zähne. Er wanderte um den Tisch herum, blieb zwischendurch stehen. »Mord ist Mord«, sagte er und pflanzte sich vor Gäubel auf. »Was bedeutet das?«

Gäubel faltete die Hände. »Es bedeutet, daß Mord gleich Mord ist, wenn ich noch alle Sinne beisammen habe.«

»Haben Sie eine Vermutung, wer die Repros gemacht hat? Und die Fotos selbst? Und wer den Text geschrieben haben könnte?«

»Ich war's nicht.«

»Und von welchem Mord hier die Rede ist?«

»Ist das nicht Ihr Job, all das rauszufinden, Herr Kommissar?«

»Wo Sie recht haben, haben Sie recht!« Hofbauer sah auf die Uhr. Es war kurz vor halb elf. »Machen wir langsam Schluß«, sagte er.

»Gute Idee!«

Sie befragten noch Heidi Müller und Tiffy Bahlke. Heidi Müller gab an, die Kinder und den jungen Mann noch nie gesehen zu haben. Sie sei damals schon in der Lehre gewesen. »Beim Café Richter, oben am Bahnhof. Obwohl es damals nichts zu beißen gegeben hat.« Ob sie jetzt wieder in den Keller gehen dürfe?

Nachdem auch Tiffy und die Souffleuse keine brauchbaren Auskünfte geben konnten, entließ der Kommissar die Schauspieler wieder in ihr freiwillig gewähltes Exil. Tiffy verteilte Pfefferminzbonbons. Dann tippelten sie treppab, gehorsam wie die Heinzelmännchen.

»Bewundernswert«, sagte Hofbauer.

Und Anita meinte, unter einem erneuten Anflug extremer Müdigkeit: «Wir finden schon selbst hinaus. Bemühen Sie sich nicht!« Was die Kalduweit, die noch wartend in der Küche stand, wörtlich nahm und ebenfalls verschwand. Hofbauer nahm die weißen Zettel und steckte sie in die Jackentasche. Sie gingen zur Haustür. Unten im Keller nannte Paul Grollberger, alias Malcolm, den Chef der Mittelland Bank eine verachtungswürdige, alte Kröte. Zum hundertundersten Male.

Irgendwie gelang es dem Rechtsanwalt, Hofbauer ins Innere der Justizvollzugsanstalt Stadelheim zu lotsen.

Sie erwarteten Bastian am Freitagvormittag im Besuchszimmer. Rechtsanwalt Voss war ein baumlanger Mensch mit dicken Brillengläsern und gewaltigem Bart. Hofbauer kannte ihn von einigen Gerichtsterminen her. Der Anwalt war schweigsam und eloquent zugleich. Das hieß, er konnte gut zuhören, wenn er es für angebracht hielt. Und blendend reden, im Falle des Falles.

Der Junge erschien, runzelte überrascht die Stirn, gab seinem Vater und dem Fremden die Hand. Voss stellte sich vor. Er sei gekommen, um Bastian zu helfen und ihn vor falschen Schritten zu bewahren. »Zigarette?« fragte er.

Bastian nickte, nahm die angebotene Zigarette und rauchte, mit halbgeschlossenen Augen.

»Kein Joint?« staunte Hofbauer.

»Nein.«

Der Rechtsanwalt wollte wissen, ob sein Klient ein Geständnis abgelegt und womöglich sogar unterschrieben habe.

»Wo ist Susi?« erkundigte sich Bastian. »Warum ist sie nicht hier?«

»Susi hat hier nichts verloren«, antwortete Hofbauer verdrossen. »Sie kann dir in keinster Weise helfen.«

»Aber ihr könnt mir helfen?«

»Wir versuchen es.« Bastian rauchte stumm.

»Hast du irgendwas unterschrieben?« wiederholte der Anwalt seine Frage. Keine Antwort.

»Kollege Lichtlein hat ihn zur Schnecke gemacht«, versuchte Hofbauer zu erklären. »Ich war leider nicht dabei, ich war verhindert, die Arbeit, wissen Sie. Der Fall Kalduweit ist hochkompliziert.«

»Ich habe den Typen nicht umgebracht!« Bastian schnellte von seinem Stuhl hoch, als habe er einen elektrischen Schlag erhalten. »Ich hab die Uhr gefunden! Ich kann euch zeigen, wo das war. Ich hab den Grufti noch nie gesehen. Ich will hier raus, versteht ihr, ich will hier raus!«

»Wenn du unschuldig bist, kommst du frei, gar kein Problem«, sagte der Anwalt.

Bastian setzte sich wieder, rauchte seine Zigarette bis zum allerletzten Zug. Er drückte sie aus, starrte auf die abgeschabten Knie seiner Anstaltstracht.

Voss meinte, daß Bastian allerhöchstens wegen sogenannter Fundhinterziehung belangt werden könne, die Uhr betreffend. Er nannte die entsprechenden Paragraphen. Ansonsten habe er nicht das Geringste zu befürchten.

»Na, also«, machte Hofbauer.

Bastian war mit seinen Gedanken ganz woanders. »Warum streitet ihr ständig?« fauchte er. Sein Gesicht war ein einziger Vorwurf. »Was soll dieser Wichser bei uns zu Hause?«

»Ich will's dir erklären ...«, begann Hofbauer. »Nur ist das hier, glaube ich, nicht der richtige Ort und die richtige Zeit.«

Bastian stand auf, gab dem Beamten an der Tür ein Zeichen. Drehte sich um. »Warum kümmerst du dich nicht um mich? Kannst du mir das mal sagen?«

Er versuchte ein Grinsen. »Hier drin ist's gemütlich. Lauter prima Jungs. Nachts könnte man sterben. Wenn ich nur wüßte, wie man's macht.« Und mit dem gleichmütig dreinblickenden Beamten an seiner Seite ging er in seine Zelle zurück.

»Das war wohl nicht sehr erfolgreich«, gab der Rechtsanwalt nach einem nachdenklichen Schweigen zu. »Sorry!« Er massierte seine Nase. »Der Junge ist schwer traumatisiert. Wenn Sie mich fragen«, er stand auf, »dann rate ich Ihnen: Lassen Sie ihn nicht allein!«

Hofbauer fühlte sich, als habe ihm jemand mit voller Wucht auf den Schädel geschlagen. »Meine Frau und ich sind geschieden. Das wissen Sie. Bastian wohnt bei den Eltern seiner Freundin. Hat die Schule geschmissen.«

Voss sagte: »Nehmen Sie Ihren Sohn endlich einmal wahr! So wie er ist. Gehen Sie mit ihm und seiner Susi mal zum Essen! Übrigens, am Montag ist er draußen. Wenn nichts dazwischenkommt.«

»Was soll denn noch dazwischenkommen?«

Statt einer Antwort fragte Voss: »Kann ich Sie mit in die City nehmen?«

»Ich muß in die Ettstraße«, sagte Hofbauer. »Ich habe mit dem Leben eines gewissen Kalduweit zu tun.«

»Ich dachte, der ist tot.«

»Das habe ich auch gedacht.«

Sie gingen durch die langen Gänge ins Freie und zu Voss' Wagen, fuhren Richtung Innenstadt. Kurz bevor Hofbauer ausstieg, sagte der Anwalt: »Vergessen Sie das Leben Ihres Sohnes nicht! Er hat es noch vor sich.«

Hofbauer aß einen Happen in dem winzigen Restaurant am Dom, das er schon seit Jahren kannte. Das Lokal war sündhaft teuer, hatte sich aber in den letzten Monaten ein Mittagsmenü zu sieben Euro einfallen lassen. Das Menü bestand aus drei Scampis als Vorspeise, einem winzigen Stück Fisch mit einem Blättchen Salat als Hauptgang. Und einem Äpfelchen zum Verdauen.

Dann fuhr er ins Präsidium. In der Ettstraße angekommen, gelang es ihm, sich ohne Blickkontakt am Kollegen Lichtlein vorbeizuschleichen. Dr. Dieckmann allerdings hielt ihn am Jackenärmel fest. »Wie geht's Ihrem Sohn?« fragte er.

»Den Umständen entsprechend.«

»Na, denn man tau!« Dieckmanns Hamburger Ahnen waren zuweilen nicht zu verleugnen. Nach einem episch-breiten Abstecher über die Besteigung der Ettaler Halt konnte der Kommissar endlich flüchten.

Im Büro saß Anita, steile Hose, schicker Pulli. Sie knabberte an ihrem Bleistift. »Das Leben des Siegmund Kalduweit währte 81 Jahre«, sagte sie sarkastisch, »aber in Wirklichkeit war es viel kürzer.«

»Wie denn das?« Hofbauer verschanzte sich hinter seinem falschen Biedermeiertisch.

»Das Ehepaar ist vor sieben Jahren von München nach Krailling gezogen. Standesamtlich getraut am 2. Oktober 1976 in München-Trudering. Frau K. ist eine geborene Lankes, sie erblickte das Licht der Welt am 14. Juni 1952.« Anita machte eine Pause. »Siegmund war also genau 28 Jahre älter als seine Gattin«, setzte sie hinzu.

»Das ist nichts Neues.«

»Aber sein Leben beginnt amtlich erst am Tage der Hochzeit. Vorher existierte er einfach nicht.« Sie grinste. Fuhr dann fort: »Ich hab heute vormittag in Trudering nachgefragt. Mehrmals. Die sind total von den Socken. Weil sie nichts finden, keine Papiere, nichts!«

»Und in Krailling?«

»Ist die zuständige Dame in Urlaub.«

Hofbauer stützte den Kopf in seine Hände. Er kramte den Umschlag mit den gesammelten Unterlagen des Falles unter einem Stoß von Schriftstücken hervor, nahm Kalduweits Paß und versenkte sich in den Anblick des kleinen Dokuments.

»Geboren in Dresden«, dachte er laut. »Angeblich.«

»Siegmund war Beamter in irgendeinem Ministerium. So hat's uns seine Frau jedenfalls erzählt. Ich würde höllisch gerne wissen, was das für ein Ministerium war.«

»Vielleicht das Ministerium für geheimnisvolle Angelegenheiten?«

»So was gibt es nicht.«

»In Bayern schon!«

Lustlos begann Hofbauer, an einer angebissenen Brezel mit Butter und Honig herumzukauen. Für Anitas kleine Späße hatte er momentan keinerlei Gehör. »Könnte es sein«, sagte er nach geraumer Zeit, »daß er uns gewaltig gelinkt hat, dieser alte Knabe?«

»Sie meinen, er ist ein gerissener Ganove, hat im Zuchthaus gesessen und dann jahrelang den ehrsamen Bürger gespielt?«

»So was soll's geben!«

Sie setzten den gesamten Apparat in Bewegung, einschließlich BKA und Interpol. Wo hatte sich der Gesuchte vor dem 2. Oktober 1976 herumgetrieben? War er im Gefängnis gewesen, in der Heilsarmee, beim Geheimdienst? Wo waren seine Papiere geblieben?

Hofbauer telefonierte persönlich noch einmal mit Trudering, aber außer einem freundlichen, jedoch sehr türkischen Hausmeister erreichte er niemanden mehr. In Krailling ging kein Mensch ans Telefon. Der Automat vertröstete auf Montag, 8.30 Uhr.

»Auf nach Dresden«, sagte Hofbauer.

Vorher allerdings stand die Generalprobe der ›Fremden Stadt‹ auf dem Programm.

Etwa zwanzig geladene Gäste verloren sich im Zuschauerraum des Theaters im Keller, Hofbauer konnte Herrn Truxeis erkennen, der ganz vorne saß, zum Glück ohne Fernrohr. Die übrigen Leute schienen Verwandte der Schauspieler zu sein.

Hofbauer hatte die Prinzipalin noch einmal eingehend vernommen, mit zwar sehr magerem und doch bezeichnendem Ergebnis. Sie hatte ihren Mann im Künstlerhaus kennengelernt, bei einem Maskenball des Faschings von 1976. Nein, sie wisse nichts von seiner Vergangenheit. Wenn sie darauf zu sprechen kam, sei Siegmund sehr böse geworden. Sie habe sich gewundert, habe es dann aber aufgegeben. Angehörige habe er keine gehabt.

Hofbauer kramte die Kopie des Paßbildes aus der Jackentasche, suchte in den Augen des geheimnisvollen Mannes nach Spuren seiner Vergangenheit.

Die Souffleuse saß auf ihrem Stuhl und blätterte im Textbuch. Ein Teil der Schauspieler hielt sich hinter einem Paravent verborgen, Jockl Temsch saß ganz links auf einem wackligen Notsitz. Man wartete.

In der letzten Reihe thronte die Gallwein, wie immer mit Hut, und neben ihr saß ihre Tochter Philippa alias Karin Möhl, die ihre kleine Rebellion sichtlich schon bereute. Und die, so hoffte Hofbauer, ihren Text endlich beherrschte. Er warf noch einmal einen Blick auf den neugedruckten Theaterzettel. Er sah, daß der Name Kalduweits ausgelöscht worden war, keine einzige Zeile erinnerte an ihn. Es gab keine Worte des Gedenkens, keine Worte des Danks. Tiffy war einfach an seine Stelle gerückt. Armer Siegmund, sinnierte Hofbauer.

Um zehn nach acht wurden die Zuschauer unruhig. Man wisperte miteinander, scharrte mit den Füßen, sah in Sekundenabständen auf die Uhr. Tiffy lief nach vorne, debattierte flüsternd mit seiner Freundin. Er verschwand, tauchte drei Minuten später wieder auf, mit weißer Nasenspitze. Nach einem weiteren Zwiegespräch stellte er sich auf die Bühne, bat mit einer Handbewegung um Ruhe. Dann stotterte er: »Meine Damen und Herren! Es ... ich ... wir bedauern, Ihnen mitteilen zu müssen, daß der Darsteller des Sir George, Herr Ludwig Gäubel«, er machte eine Pause, »eine Herzattacke erlitten hat.«

Große Verwirrung, Rufe des Bedauerns.

»Jetzt müssen sie den Programmzettel ja schon wieder ändern!« wisperte Anita respektlos.

»Herr Gäubel befindet sich in ärztlicher Behandlung«, fuhr Tiffy fort. »Es geht ihm den Umständen entsprechend gut.«

»Gott sei Dank!« Das war Truxeis, der erschrocken den Reißverschluß seines Anoraks nach unten und wieder nach oben schnurren ließ.

»Ich ... Entschuldigung, wir haben uns entschlossen, die Generalprobe trotzdem stattfinden zu lassen«, sagte Tiffy. Erneute Pause. »Den Part des Sir George werde ich übernehmen.«

»Sehr gut!« Wieder war es Truxeis, der die Meinung aller Anwesenden treffend zum Ausdruck brachte.

»Frau Finkenzeller, unsere Souffleuse, wird versuchen, die Lichteffekte zu machen.« Tiffy verbeugte sich und zog sich hinter den Paravent zurück. Die Souffleuse nahm hinter dem Beleuchtungskasten Platz. Sie wartete, dann knipste sie die Deckenbeleuchtung aus. Es wurde stockdunkel. Nach ein paar Versuchen hatte sie die Scheinwerfer soweit im Griff, daß sie die Bühne in das milde Licht eines englischen Vormittags tauchten.

Irgend jemand hustete verstohlen, Stühle wurden hin- und hergeschoben. Das Spiel begann.

»Philippa?«

Amalie Gallwein ging von ihrem Platz aus nach vorne, nicht ohne eine gewisse Grazie, mit vorbildlicher Haltung.

»Philippa?«

Sie stieg auf die Bühne.

»Philippa?«

Die Stimme von Karin Möhl war zu hören: *»Ja doch, Mama – ich komme ja schon.«*

Philippa erschien aus dem Publikum, so wie ihre Mutter es getan hatte.

»Wo bist du denn?« fragte Lady Loxfield. *»Also Philippa, ich verstehe das nicht. Wie kannst du mich in diesem Augen-*

blick, in dem weiß Gott was geschehen ist, allein lassen?« Sie rückte ihren Hut zurecht.

»Ich hab dich doch nicht allein gelassen, Mama ...«

Hofbauer war kein passionierter Theaterbesucher. Das Opernabonnement, das jeder gebildete Bürger des Würmtals besitzen mußte, hatte er nach seiner Scheidung aufgegeben. Wahrscheinlich saß jetzt die Bügelfalte auf seinem Platz im Residenztheater neben Claudia und reichte ihr das Taschentuch, wenn es etwas zu heulen gab.

»Alles, was ich weiß, ist«, sagte Philippa, *»daß wir nicht mehr in dem blöden Hotel am Meer sind. Ich kann nur sagen: Gott sei Dank!«* Und Sekunden später: *»Vielleicht sind wir tot?«*

Neun Menschen hatten sich vor dem Tor der Fremden Stadt versammelt und versuchten nun, das Rätsel des Lebens und der Zeit zu lösen.

Natürlich waren sie alle keine Profis. Hofbauer konnte nicht erkennen, ob die Worte, die sie sprachen, im Hinblick auf Rhythmus und Dynamik auch nur halbwegs höheren Ansprüchen genügten. Er fand es sinnlos, danach zu fragen. Er fand jedoch das, was sich da auf der Bühne abspielte, faszinierend. Der Funke zum Publikum war schon nach wenigen Minuten übergesprungen.

Michael Bernold alias Herr Cudworth, der ständig ein Postamt suchte, geriet auf tragisch-komische Weise immer wieder mit Jockl Temsch aneinander. Und der wiederum verknallte sich als Joe in die strahlende Alice. Paul Grollberger, umwerfend als subalterner Bankbeamter Malcolm, nannte den Chef der Mittelland Bank eine verachtungswürdige, alte Kröte. Mutter Batley knetete ihre abgearbeiteten Hände.

Die neun Personen, die Hofbauer in den vergangenen Tagen kennengelernt hatte, waren in die Charaktere ganz anderer Personen geschlüpft. Gut ausgewählt vom angeblich gräßlich unbegabten Siegmund Kalduweit.

In der Pause stand man diskutierend herum, Sekt- und Wassergläser in der Hand. Die Schauspieler hatten sich hinter die Bühne zurückgezogen, die Souffleuse und ein paar Helfer schenkten ein.

Man war begeistert. Man schien allerdings nicht sonderlich überrascht zu sein. Die Bühne des TIK hatte einen gewissen Ruf, zur Verwunderung der beiden Gäste aus München. Bekannte und Verwandte äußerten zum Teil zwar Kritik, jedoch sehr verhalten und rücksichtsvoll. Nur ein massiv gebauter, stumpfnasiger Mann, der lang und breit jedem erzählte, er studiere Theaterwissenschaft, sagte unmißverständlich: »Ganz und gar laienhaft! Die Regie: phantasielos und wenig künstlerisch. Ich glaube, ich tu mir den zweiten Teil nicht mehr an. Da ist mir meine Zeit denn doch zu schade.« Und tatsächlich, nachdem er sich vergewisserte, daß ihm auch jedermann zugehört hatte, verließ er den Theaterraum mit großen Schritten.

Hofbauer staunte. Und für Sekunden wußte er nicht mehr, ob sein Enthusiasmus tatsächlich auf gesunden Beinen stand oder nicht.

»Morgen können wir dann lesen, ob es uns gefallen hat.« Truxeis näherte sich, ein Schmalzbrot in der Hand. »Stammt von Heinz Erhard«, sagte er, »und trifft den Nagel auf den Kopf.« Er schob sich den Rest des Schmalzbrotes in den Mund, kaute und schluckte. »Ich komme eigentlich nur wegen des Proseccos und der guten Häppchen hierher.« Damit wandte er sich an Anita: »In diesem Zusammenhang: Haben wir uns nicht schon einmal gesehen?«

Anitas Grinsen war mehr als frech. »Sie haben bei mir mal 'ne halbe Ente mit Blaukraut geschnorrt«, sagte sie streng. »Im Bräustüberl. Ist noch gar nicht so lange her.«

»Im Bräustüberl?« Truxeis' Haltung war eine einzige Frage. »Das ist mir nicht bekannt. Ich bin nämlich Ornithologe, muß ganz früh aufstehen, kann aber nachts nicht schlafen.« Er trat ganz nahe an Hofbauer heran. »Wie finden Sie die Kleine mit den Strahleaugen? Wenn ich noch zwei, drei Jahre jünger wäre ...«

Sein Kichern erinnerte Hofbauer stark an das Gegacker von Susi, Bastians großer Liebe. Er sah kurz zur Uhr. In einer halben Stunde wurde in Stadelheim das Licht ausgedreht, dann waren die Insassen allein mit sich und ihren Ängsten. Mit ihren sexuellen Nöten und der Sehnsucht nach körperlicher Nähe. Hofbauer schüttelte sich. Er beobachtete Truxeis, der erfolgreich nach einem neuen Gratishappen fahndete.

»Hör mal«, er versuchte erneut, seine schwarzen Gedanken wegzuwerfen, »wie findest du Tiffy? Als Gäubelchen-Ersatz?«

»Keine Ahnung«, erwiderte Anita. »Er hätte sich wenigstens 'ne Jacke überziehen können. Als degenerierter Sir.«

»Stimmt! Aber er war absolut textsicher. Wenn man bedenkt, daß er kurzfristig einspringen mußte.«

»Ich finde ihn affig.«

»Schnell fertig ist die Jugend mit dem Wort.«

»Stammt nicht von Priestley, sondern von Friedrich, dem Schiller«, sagte Anita.

Plötzlich hielt Hofbauer ein kleines Flugblatt in der Hand. Es mußte Truxeis gewesen sein, der ihm das Papier untergejubelt hatte, denn ein feiner Hauch von Schmalzbrot umwehte Hofbauers Nase. Er faltete das Flugblatt auseinander.

„Erinnerung an den Todesmarsch durch das

Würmtal am 27. April 1945

Wir treffen uns am Samstag, 7. Mai, 10 Uhr an der Würmbrük-ke in Gräfelfing. Weitere Stationen sind: Planegg, Krailling, Gauting.«

Er sah zu dem Ornithologen hinüber, aber der nestelte gleichgültig an seinen Gamaschen herum. Auch die übrigen Gäste des TIK sahen nicht so aus, als bestünde ihre Aufgabe darin, Flugblätter zu verteilen.

Hofbauer knickte das Blatt zusammen, faltete es erneut auseinander, las den Text ein zweites Mal. Natürlich hatte er von dem Todesmarsch schon des öfteren gehört. Über siebentausend Insassen des Dachauer KZ waren in den letzten Tagen des Zweiten Weltkrieges von ihren Peinigern in Richtung Alpen getrieben worden. Hunderte waren bei Schnee und Eisregen verhungert und erfroren. Jedes Jahr gedachte man im Würmtal der damaligen Opfer, mit einem Marsch der Erinnerung.

Aber was hatte er, Hofbauer, mit diesen Ereignissen zu tun?

Die Souffleuse begab sich hinter ihren Kasten, legte das Textbuch auf ihren Schoß. Sie hatte kein einziges Mal einspringen müssen. Selbst Karin Möhl war ohne Hilfestellung ausgekommen.

Der Kommissar beugte sich zu Anita hinüber. »Wen kommandierte Siegmund K.?« flüsterte er.

Anita sah ihn mit großen Augen an. »Entschuldigung, Chef«, flüsterte sie zurück, »aber ich versteh nur Auto!«

Hofbauer lachte stumm. »Ines Gabor hat mich das neulich gefragt, schriftlich.« Er nippte an seinem Selterswasser. »In ihrem Büro. Ist mir im Moment grade eingefallen. Weil unser herzkranker Sir George im Stück die Geschichte von Buster Clayhorn erzählt, der die Blauen kommandierte!«

Er stellte das Glas unter seinen Stuhl. »Ines Gabors Frage muß doch eine Bedeutung haben! Wen kommandierte Siegmund K.?«

»Vielleicht weiß sie mehr, als wir glauben.«

»Das kann gut sein.«

»Wir müssen sie fragen!«

»Denkst du dran?«

»Mach ich!«

Wieder ging das Licht aus, die Scheinwerfer leuchteten auf, diesmal ohne jegliche Verzögerung. Die Besucher der Fremden Stadt schritten aus dem Tor, einzeln, teils innerlich verändert, teils weitgehend unberührt. Dorothy suchte ihren Mann, Sir George machte deutlich, wie eklig er die Stadt gefunden hatte. Das Liebespaar Alice und Joe turtelte, begann sich langsam zu finden. Mutter Batley zerknitterte ihre Kittelschürze. Sie hatte beschlossen, in der Stadt zu bleiben. Auch Philippa, die verzogene Tochter der Lady Loxfield, wollte bleiben. Das Stück verlangte es, und die Zuschauer waren einverstanden.

»Und dann haben sie mir ein hübsches Zimmer gegeben, ganz für mich allein. Das hab ich noch niemals gehabt. Ich hab zuerst geglaubt, daß ich träume. Aber das ist nicht geträumt, das ist alles Wirklichkeit!«

Hofbauer stellte zufrieden fest, daß Heidi Müller die Idealbesetzung darstellte. Sie *war* Mutter Batley, auf der Bühne und im täglichen Leben.

Immer wieder versuchte er, einen Zusammenhang herzustellen zwischen den Protagonisten da vorne auf der Bühne und dem toten Kalduweit. Der offensichtlich ein Halunke gewesen war, ein Spion oder gar Mitglied der Legion.

»Spielen Sie Golf?«

Tiffy Bahlke hatte das Sagen. Er war in einen Disput mit Mutter Batley verwickelt, wollte ihr begreiflich machen, wie er, als wahrhafter Dandy, die Dinge sah.

Anita hatte unrecht, Tiffy war nicht schlecht als Sir George, er spielte ihn als hochmütigen und von typischer oberflächlicher Gutmütigkeit besessenen Lord, was ihm, trotz seiner jungen Jahre, recht gut gelang. Der Golfschläger steckte lässig in seiner Armbeuge.

»Spielen Sie Golf? Sie spielen wohl nicht Golf, was?«

Es war das Kennwort der Theatergruppe. Hofbauer sah, wie sie alle den Kopf ein wenig hoben, er schielte kurz zur Souffleuse hinüber, die zufrieden grinste.

Tiffy nahm ein Fläschchen aus der Hosentasche, drehte den Korken ab und setzte das Fläschchen an den Mund. Er trank einen Schluck, erstarrte für einen Augenblick, ließ das Fläschchen fallen. Scheppernd kollerte es über die Bühne.

Tiffy fiel blitzartig, wie von einem Schuß getroffen, zu Boden. Dort blieb er reglos liegen.

Mit einem Satz war Hofbauer bei ihm. Er kniete sich nieder, versuchte Tiffys Halsschlagader zu ertasten. Es war aber nichts mehr zu spüren. Die Zuschauer bewegten sich nicht. Sie ließen Hofbauer gewähren, ohne begriffen zu haben, was geschehen war. Aus den Augenwinkeln sah Hofbauer, wie Anita telefonierte.

Emmy Kalduweit war die erste, die sich aus der Erstarrung löste. Sie hatte ganz links auf dem Holzpflock gesessen, trat jetzt ein paar Schritte auf Tiffy zu und stürzte sich über ihn.

Hofbauer konnte es nicht verhindern, auch in dieser schrecklichen Szene die Theatralik der großen Diva zu bewundern. Sie schluchzte erbärmlich, während die übrigen Mitglieder des TIK versteinert dabeistanden und kein Wort hervorbrachten.

Plötzlich erloschen die Scheinwerfer, der Saal war stockdunkel. Erstickte Schreie wurden laut, die Leute riefen wild durcheinander. Hofbauer brüllte »Ruhe!«, so laut er konnte, aber es half nicht viel.

Das Licht ging wieder an, diesmal das Deckenlicht, einschließlich der Scheinwerfer. Aufgelöst stand die Souffleuse neben ihrem Kasten. »Entschuldigung, ich wollte nur ...« sie wußte nicht mehr weiter.

Die Leute fingen an, zaghaft miteinander zu sprechen. Erste Zigaretten wurden angezündet, ohne daß jemand protestierte. Der Ornithologe stierte geistesabwesend in ein nicht vorhandenes Loch. Oben auf der Bühne kniete die Kalduweit vor ihrem toten Liebhaber.

Sie saßen da und warteten. »Der Arzt wird gleich da sein«, sagte Hofbauer. »Es wird sich alles klären.« Er ärgerte sich, daß ihm nichts Besseres einfiel.

Ein Mann fing an, in sein Handy zu sprechen. Aufgeregt erklärte er, daß er nicht fort könne, daß ein Toter vorne auf der Bühne liege, und daß alles ganz grauenvoll sei. Wie auf Kommando taten es ihm die anderen gleich, sie zückten ebenfalls ihre Handys, es ging zu wie in einer Telefonzentrale.

Endlich polterte jemand die Treppe herunter. Es war der Notarzt, in Begleitung zweier Landpolizisten. Sie unterhielten sich kurz mit Hofbauer, der seinen Ausweis zeigte und mit dem Kopf zu Anita hinüberdeutete. Der Notarzt nickte.

Die Beamten trieben die Schauspieler in den Zuschauerraum, was bei der Kalduweit mit erheblichen Schwierigkeiten verbunden war. Bis die Gallwein zu ihr ging und sie zu den anderen geleitete. Einer der Grünen stellte sich breitbeinig vor die Tür.

»Die Spurensicherung ist unterwegs«, meldete Anita, »der Fotograf ebenfalls.«

Der Arzt tat seine Pflicht, bückte sich zu Tiffy hinunter. Drückte ihm die Augen zu. »Plötzlicher Herztod«, sagte er lakonisch.

Hofbauer deutete auf das Fläschchen.

»Oh!« rief der Doktor. »Sie meinen?«

»Ich meine gar nichts«, sagte Hofbauer.

Es war inzwischen elf Uhr geworden, die Zuschauer wurden unruhig. »Sie müssen noch dableiben«, sagte Hofbauer. »Wir brauchen die Personalien. Von allen!«

Lautstarker Protest.

»Es tut mir leid! Ich kann nichts dafür!«

»Muß das denn wirklich sein?« riefen die Leute.

»Ich kann nichts dran ändern«, sagte der Kommissar.

Eine umständliche und langwierige Prozedur begann. Sie schrieben Namen und Adressen auf, sorgfältig und penibel. Auch die Adresse von Truxeis, der kein Wort herausbrachte, und der dem Kommissar reichlich verwirrt den Rest seiner Flugblätter in die Hand drückte.

Die Schauspieler allerdings weigerten sich wegzugehen.

»Wir halten Totenwache!« rief die Kalduweit.

»Ja, das tun wir«, sagte die Gabor.

Als die Spurensicherung kam, standen sie immer noch da. Hofbauer merkte erst jetzt, wie trostlos und erledigt sie aussahen. Er hatte große Mühe, sie nach oben zu bringen. Dort saßen sie um den Tisch herum und schwiegen.

Er schickte Anita nach Hause. Sie verabschiedete sich mit einem dankbaren Blick.

»Tiffy hat sich vergiftet«, sagte Ines nach einer Weile. »Er hat aus dem Fläschchen getrunken.«

»Es war Gäubels Fläschchen!«

Die Gallwein nahm entsetzt ihren Hut ab und legte ihn auf den Tisch. Es war das erste Mal, daß Hofbauer sie ohne Kopfbedeckung sah. Er stellte fest, daß ihre Haare stark gefärbt waren. »Wie kommt ihr darauf?« rief sie erbost. »Auf das mit dem Gift? Der Arzt hat gesagt: plötzlicher Herztod.«

»Er wird es wissen«, sagte Heidi Müller. Sie nahm ihre Kittelschürze und schneuzte sich ungeniert hinein.

Ines platzte heraus: »Wer wollte Gäubelchen vergiften? Wer von uns?« Sie deutete in die Runde. »Du? Ich? Wir alle?«

»Niemand wollte irgend jemanden vergiften«, wandte Bernold ein, der jegliche Attitüde des gerissenen Geschäftsmannes verloren hatte. »Laßt euch doch nicht verrückt machen!«

»Man kann einen Herzinfarkt bekommen, zu jeder Zeit und zu jeder Stunde!« Die Gallwein setzte ihren Hut wieder auf.

»Eben!« pflichtete die Souffleuse bei.

»Ganz genau!« nickte Grollberger.

»Dabei war es die beste Generalprobe, die wir je hatten. Was meint ihr?« Lady Loxfield wurde fast vergnügt.

Alle stimmten zu. Und sie begannen eine lebhafte Debatte über den Verlauf der Probe, über die vielen Höhepunkte und ein paar der weniger gelungenen Momente. Sie sprachen über die nebensächlichsten Kleinigkeiten. Und darüber, wie die Dialoge abgelaufen waren, und daß die Gabor wieder mal übertrieben habe und die Gallwein besonders gut gewesen war, und daß Tiffy ...

Hier stockten sie.

»Ich kann's noch gar nicht begreifen!« sagte Bernold in die entstandene Stille hinein.

»Wir dürfen die Trauer nicht in uns hineinfressen«, meinte Karin Möhl, die bis zu diesem Zeitpunkt noch überhaupt nichts gesagt hatte.

»Wir müssen tapfer sein.«

»Tapfer sein?« Die Chefin des TIK schrie es in die entsetzt dreinblickende Runde. »Tapfer sein? Habt ihr den Verstand verloren?« Sie versuchte sich eine Zigarette anzuzünden, mit zittrigen Fingern, aber sie brachte es nicht fertig. Hofbauer half ihr, was sie gar nicht wahrzunehmen schien.

»Wir haben schon einmal hier gesessen.« Sie tat zwei, drei Züge, dann drückte sie die Zigarette wieder aus. »Vor acht Tagen. Da hat man Siegmund umgebracht. Und jetzt Tiffy! Warum muß ich das alles ertragen? Sagt mir bitte: Warum?«

Ohne noch weiter zu warten, rannte Hofbauer in den Keller. Er kam mit dem Notarzt zurück, der seine Sachen schon zusammengepackt hatte. Der Doktor verpaßte der Kalduweit eine Spritze, legte sie auf das Sofa. Murmelte etwas von ein paar Stunden Schlaf, dann empfahl er sich.

»Irgendwer sollte dableiben«, erklärte Hofbauer, der plötzlich so müde war, daß er kaum mehr stehen konnte.

»Aber wer?«

»Hat man«, flüsterte die Gallwein, »die Leiche schon weggebracht?«

»Nein.«

»Dann verdrücke ich mich!« Sie rückte wieder einmal ihren Hut zurecht, grüßte mit einem matten Winken und rief: »Also bis Sonntag! Premiere!«

»Es gibt keine Premiere!« sagte Hofbauer.

»Sind Sie wahnsinnig?« Die Kalduweit richtete sich auf, bleich wie ein Gespenst. »Wie können Sie es wagen, uns die Premiere zu verbieten?«

Sie sagte »Premiär«, als käme sie aus Österreich. Hofbauer mußte unwillkürlich an einen dieser uralten Filme mit Hans Moser denken, er wollte lachen, brachte aber nur ein paar unartikulierte Laute zustande.

»Der Kommissar hat recht!« Heidi Müller sagte es mit nie gehörter Entschiedenheit. »Die Theatergruppe ist gestorben. Ein für allemal. Wir sollten ganz still in unsere Häuser und Wohnungen gehen und Gott um Verzeihung bitten.« Sie band ihre Schürze ab und warf sie in eine Ecke. »Ja, das sollten wir!«

In diesem Moment wurde die Wanne mit den sterblichen Überresten Tiffys nach oben getragen. Alle starrten erschrokken zur Tür, als die Tür endlich ins Schloß fiel, herrschte ehrfürchtige Stille.

Die Kalduweit fiel in ihre Kissen zurück. Nach einigen Minuten fing sie an, laut und unbotmäßig zu schnarchen.

Ohne auf die erneut beginnende heiße Diskussion zu achten, ging Hofbauer in den Kellerraum, vergewisserte sich, daß die Männer der Spurensicherung fertig waren und entließ sie mit einem fast lautlosen »Gute Nacht«.

Wenn Tiffy tatsächlich vergiftet worden war, dann mußte er klären, wer Zugang zu dem ominösen Fläschchen hatte. Die Antwort gab er sich gleich selbst: Sie hatten alle Zugang dazu gehabt.

Er verscheuchte den Fotografen, die beiden Polizisten, warf einen letzte Blick auf den Tatort und stieg wieder nach oben.

Dort hatte man sich inzwischen geeinigt. Jockl Temsch sagte, er werde bleiben. Zusammen mit Ines. Und er sagte, man werde am Sonntag abend spielen. Mit Gäubel als Sir George. Ludwig Gäubel, der hoffentlich bis dahin wieder auf dem Damm sein werde. Man lasse sich das von niemandem nehmen.

»Es wird die erste und gleichzeitig letzte richtige Vorstellung der ›Fremden Stadt‹ sein«, schloß Jockl Temsch. »In der Black Box der Philharmonie!« Seine blauen Augen blitzten.

Hofbauer betrachtete die kleine, verzagte und doch wieder so eigenwillige Gruppe vor sich, ohne jeglichen Kommentar.

Später, als man ihn fragte, wann ihm der entscheidende Gedanke gekommen war, konnte er sagen: »Es war Samstag, der 7. Mai, genau um 0.23 Uhr.« Und er konnte sagen, er sei so müde gewesen, daß er sich mit dem Taxi in die Perlacherstraße fahren ließ. Was einerseits ein kleines Wunder war, weil es um diese Zeit in Krailling normalerweise gar kein Taxi mehr gab. Und andererseits 34 Euro kostete.

Der Gedenkzug begann pünktlich um elf Uhr an der großen Brücke in Gräfelfing. Die Straßen waren gesperrt, Landpolizisten mit verschlossenen Gesichtern sorgten dafür, daß kein Autofahrer störte. Der Himmel lachte unpassend kitschig-blau und wolkenlos. Wieder einmal war versammelt, was Rang und Namen hatte, von Gräfelfing würmaufwärts bis nach Gauting. Bürgermeister, Gemeinderäte, Vertreter der weltlichen und kirchlichen Obrigkeit. Und eine große Zahl von Bürgerinnen und Bürgern, viele alte Leute, aber auch junge Menschen, denen die Ereignisse von 1945 so fern waren wie der Dreißigjährige Krieg, die aber heute nicht fehlen wollten.

Auch Überlebende jenes 27. April gingen mit, Männer und Frauen, denen ein ganzes Jahrhundert ins Gesicht gegraben war. Sie hatten lange Reisen auf sich genommen, stellten die letzten lebenden Zeugen eines unbegreifbaren Irrsinns dar.

Hofbauer und Anita gingen am Ende des Zuges. Anita bestaunte die Ernsthaftigkeit, mit der das Ereignis begangen wurde. Sie hatte so etwas noch nie gesehen, kannte altes und neues bayrisches Brauchtum nur in Verbindung mit Maßkrug und überlauter Fröhlichkeit.

Am Bronzedenkmal in Gräfelfing legte man einen Kranz nieder. Der Bürgermeister hielt eine Ansprache, in der das gemeinsame Verlangen nach Versöhnung und neuem Anfang zum Ausdruck kam.

Dann zog man würmaufwärts Richtung Planegg. Die Pasingerstraße war für jeglichen Autoverkehr gesperrt, es war seltsam, die vielbefahrene Allee einmal unbeschadet begehen zu können. Sie war auch damals, im Frühjahr 1945, eine Straße der Fußgänger gewesen, für viele von ihnen führte sie in die späte, nicht mehr erträumte Freiheit. Für die Unglücklichen führte sie in den Tod.

Die Teilnehmer des Gedächtnismarsches sprachen wenig, die Älteren allerdings tauschten flüsternd Erinnerungen aus. Gesprächsfetzen wie »Eis und Schnee«, »Sträflingskleidung«, »Holzpantinen«, schwirrten umher.

Sie kamen an der kleinen Steinkirchener Brücke vorbei, wo man Siegmund Kalduweit ins Wasser gestoßen hatte. Plötzlich tauchte der allgegenwärtige Truxeis auf. Er entdeckte Hofbauer und Anita, rief verstört: »Haben wir uns nicht schon irgendwo mal gesehen?«

Als Anita schmunzelnd nickte, sagte er: »Als die Amis kamen, gab's noch Pferdefuhrwerke in Planegg. Da war überhaupt alles ganz anders!« Dann verschwand er mit großen Schritten.

»Der hat's aber eilig«, murmelte Anita.

Kurz vor dem Ortseingang von Planegg sahen sie Gäubel stehen, auf der anderen Seite der Würm. Er starrte zu ihnen herüber, einsam und verlassen.

»Hallo, Gäubelchen«, flüsterte Hofbauer. »Wann kriegst du wieder eine deiner Herzattacken?« Der Mann, der so trefflich den Sir George spielen konnte, drehte sich um und ging in sein Haus zurück.

Beim Denkmal in Planegg gab es anrührende Szenen. Kinder der Musikschule sangen jüdische Lieder, die Gefangenen von damals sangen erst leise und zögernd, dann immer beherzter mit, es flossen Tränen, im Verborgenen, aber auch ganz ungeniert und offen.

Die Rede des Planegger Bürgermeisters war herzlich im Ton, sehr persönlich und ergreifend. Eine alte Frau mit Gehwägelchen stand neben Hofbauer, er hatte sie früher schon ein paarmal gesehen, im Bräustüberl und in der Bahnhofstraße. »Die san tagelang glaufen, tagelang«, sagte sie. »Und bei der Nacht aa! Von Dachau sans kemma, aber des wissen's ja eh!«

»Und wo ham Sie damals gwohnt?« erkundigte sich Hofbauer, froh, wieder einmal ein paar echte bayrische Wörter zu hören.

»Beim Kircherl«, sagte die Alte. »Dann is der Fritzl dagwesen«, sie war jetzt mit ihren Gedanken ganz weit weg, »mit am Stückerl Brot in der Hand. Und dann is der Aufseher kemma«, sie stockte, erschrak einen Moment. »Er is kemma, und hat den Fritzl daschossen. Der Fritzl war glei maustot. Und der Aufseher is davon. Auf und davon, wissens scho ...«

»Und warum erzählen Sie mir das alles?«

Die alte Frau sah ihn an, mit dem gleichen Blick, mit dem auch Truxeis zuweilen in die Gegend starrte. Sie winkte einem Sanitäter, der mit belegten Broten und Getränken neben seinem Dienstauto stand. Der Sanitäter kam, sie unterhielt sich mit ihm, dann tippelte sie mit ihrem Wägelchen zu dem Auto, um sich einen Schluck Tee geben zu lassen.

»Wir waren blöd«, sagte Hofbauer, »aber wir sind lernfähig. Merk dir das!«

Mit Notizblock und Kugelschreiber stürzte Bodo Klotz auf ihn zu. »Hallo, Servus, meinen Sie mich?«

»Aber nein! Natürlich nicht!« In Windeseile hatte Hofbauer seine Kommissarsmiene aufgesetzt. Aber es nützte nicht viel.

»Sagen Sie mal«, der Reporter der Würmtal-SZ war nicht zu bremsen. »Stimmt das? Heute nacht hat's einen jungen Mann erwischt, im Kraillinger Kellertheater, Herzinfarkt?«

»Das stimmt!«

»Und warum wissen wir nichts davon?«

»Vielleicht, weil Sie nicht dabeigewesen sind!«

»Verarschen kann ich mich selber!« Bodo Klotz schlug den Notizblock auf, nach ein paar Minuten kam auch noch eine junge Dame vom Münchner Merkur hinzu, und schon gaben der Kommissar und seine Mitarbeiterin eine improvisierte Pressekonferenz. Allerdings nach Hofbauer-Art. Das hieß, Anita lächelte charmant, und Hofbauer gab bärbeißige Antworten. Zum Glück waren die Fotografen schon zu ihren nächsten Terminen gefahren, so daß Anita und der Kommissar unfotografiert davonkamen.

»Die Leute spielen, soviel ich weiß, am Sonntag in der Black Box?« fragte Klotz, nachdem Hofbauer immer zugeknöpfter geworden war. »Trotz zweier tragischer Todesfälle!«

»Es sind halt echte Schauspieler.«

Unvermittelt ging Bodo Klotz aufs Ganze. »Und wie geht's Bastian, Ihrem Sohn?« fragte er geradeheraus.

»Er wird am Montag entlassen.«

»Wegen Mangels an Beweisen?«

«Keineswegs!« Genüßlich spielte Hofbauer seinen letzten Trumpf aus: »Weil der Fall Kalduweit bis dahin gelöst sein wird. Von uns!« Sie wandten sich zum Gehen.

Die Teilnehmer des Gedächtnismarsches hatten sich bereits auf den Weg gemacht, es war wichtig, den Anschluß nicht zu verpassen.

Bodo Klotz klappte erst seinen Mund, dann seinen Notizblock zu. »Ich schreibe einen Kommentar«, sagte er verdutzt. »Schließlich bin ich bekannt für meine Kommentare.«

Die Dame vom Merkur meinte, sie habe mindestens eine halbe Seite Platz für ihre Story. Dann wünschte sie höflich eine »gute Schreibe«.

Sie standen vor Gäubels Haus, am Nachmittag des gleichen Tages. Ihr Freund war in München, bei den Stellproben in der Black Box.

»Die Tür ist offen«, sagte Anita.

Sie traten ein, verwundert über Gäubels Vertrauen in die Menschheit. Was sie fanden, war das Haus eines alten Junggesellen. Eine kleine Küche mit hoch aufgestapeltem, schmutzigem Geschirr. Die Wände des Wohnzimmers bedeckt mit gerahmten Fotos, farbig und schwarzweiß. Es waren gute Fotos, vermutlich von Gäubel selbst gemacht. Städte und Landschaften aus Südamerika, Bildnisse alter Menschen, von Kindern, auch ein paar Schönheiten vom Strand waren dabei. Hofbauer mußte an die riesigen Portraits in Emmy Kalduweits Wohnung denken. Sie trugen die gleiche Handschrift.

Ein Fernsehapparat neuesten Modells, in den Regalen dicke Bücher mit Beschreibungen ferner Länder. Kein Ehebett, statt dessen ein Sofa mit Bettdecke. Auf dem Tisch eine teure Kamera.

Anita sah die kleine, rote Schachtel zuerst. Es war ein Behälter, wie man ihn benutzte, um Fotografien aufzubewahren. Vor langer Zeit, als es noch keine Digitalkameras gab. Sie zog die beiden Schuber auseinander, dann lag die ganze Herrlichkeit vor ihnen: Ein Stoß postkartengroßer Fotos, schwarzweiß, schon etwas vergilbt. Es waren unscheinbare Schnappschüsse, sie stammten aus dem Mittelalter der Lichtbildkunst.

Sie zeigten Buben und Mädchen aus der Zeit des Zweiten Weltkriegs: brave Kinder mit braven Frisuren. Stramm gezogener Scheitel, kurze, zur Seite gekämmte Haare. Blond. Die

Mädchen hatten lange Zöpfe, steckten in dirndlähnlichen Kleidern. Manche der Kinder trugen Uniform.

Wortlos ordneten Hofbauer und Anita die Postkarten zu einem Viereck. Schließlich fanden sie, was sie suchten. Auf dem Tisch lagen die beiden Originalfotos, von denen ihnen Emmy Kalduweit die Kopien gezeigt hatte. Sie hielten das Foto mit den Kindern und das Foto des jungen Soldaten in der Hand.

»Der Bauch Theo und sein Bruder Alfons«, sagte Anita leise. »An die anderen Namen kann ich mich nicht mehr erinnern.«

Sie drehte das Foto um. Die Rückseite war leer. Nicht so beim Foto des Jungen mit dem Stahlhelm. »Friedrich« stand mit Bleistift quer über die freie Fläche geschrieben. Es war eine Kinderhandschrift, das konnte man deutlich erkennen.

»Wir müssen die alte Frau mit dem Gehwägelchen finden«, sagte Anita.

»Dann is der Fritzl dagwesen«, zitierte Hofbauer. »Und dann is der Aufseher kemma!«

Anita nickte.

»Denkst du auch, was ich denke?« fragte Hofbauer nach einer Weile.

»Ich denke zur Zeit daran, daß ich meinem Sohn niemals ein Gewehr schenken werde. Oder eine Pistole.«

»Da hast du ja noch ein paar Jährchen Zeit.«

»Gott sei Dank.«

Hofbauer setzte sich, betrachtete erneut die Schnappschüsse vor ihm auf dem Tisch. »Gäubel will, daß wir sie finden«, sagte er. »Sonst hätte er die Tür abgeschlossen. Und die Beweisstücke hier weggeräumt.«

Er ging zum Fenster und sah hinüber zur Pasingerstraße. Er sah die Wiese, die tatsächlich eine Wiese war und kein parfümierter Kunstrasen. Von der Würm war nur ein schmaler Streifen zu sehen. »Gäubel hat von hier aus den Elendszug beobachtet. Sechzig Jahre sind seitdem vergangen. Er hat sechzig Jahre lang den Mörder seines Freundes gesucht.«

»Gäubel ist zäh«, sagte Anita, fast mit einem Anflug von Bewunderung.

»Er hat auch heute vormittag im Garten gestanden. Hast du ihn bemerkt?«

»Aber ja!«

Anita nahm die Postkarten, steckte sie wieder in ihre Schachtel zurück. Die beiden Beweisstücke verschwanden in ihrer Tasche. »Wann kommt der Bericht aus dem Labor?« fragte sie. »In Sachen Tiffy?«

»Kann nicht mehr lange dauern.«

»Sir George wird merken, daß wir hier waren«, sagte Anita.

»Er soll es auch merken.«

»Armes Gäubelchen!«

»Pfui!«

Sie verließen das Haus und stiegen in ihren Dienstwagen.

»Wen kommandierte Siegmund K.?« fragte Hofbauer.

Er hatte keine Ahnung, ob seine Freunde auf der Bühne von der Exklusivität ihres Publikums etwas mitbekommen würden. In der ersten Reihe saßen Staatsanwalt Dr. Dieckmann und der Kollege Lichtlein, beide mit säuerlichem Gesicht. Dieckmann, weil er alles lächerlich fand und nur unter einem Dutzend Vorbehalten und Bedingungen bereit gewesen war, zuzustimmen. Kollege Lichtlein, weil er dem Hauptkommissar Hofbauer samt seiner penetranten Mitarbeiterin Anita Mauermann jeglichen Erfolg mißgönnte. Und in diesem speziellen Fall sogar damit rechnen mußte, sich peinlichst zu blamieren in einem Fall, der schon abgeschlossen war.

Sprungbereit hockten die beiden Landpolizisten Lederer und Zinner in ihren Stühlen, selbstverständlich in Zivil. Unterstützt von drei weiteren unauffällig gekleideten männlichen Wesen, die im Notfall den Zugriff verstärkt vornehmen sollten. Hofbauer und Anita saßen in Höhe des Souffleurkastens.

Im Saal saßen auch der Journalist Bodo Klotz von der Würmtal-SZ und seine Kollegin vom Merkur. Nebst den dazugehörenden Fotografen, die sich absolut unwohl fühlten, weil sie noch nie eine Theatervorstellung am Stück genossen hatten. Sie waren es gewohnt, bei kulturellen Veranstaltungen irgendwann zu erscheinen, wie wild draufloszuballern und sofort wieder zu verschwinden. Heute allerdings hatte man sie dazu verdonnert, von Anfang bis Ende anwesend zu sein. Weil es irgendwann einen Knall geben würde, wie Bodo Klotz es nannte. Wie der Knall aussehen und wann er stattfinden würde, stand allerdings in den Sternen.

Nicht anwesend war zum Glück der Schreiberling des Abendblatts. Er war anderweitig unterwegs.

Natürlich war der Saal der Black Box hoffnungslos überfüllt. Und mittendrin thronte Truxeis, mit neuen, festtäglich gebundenen Gamaschen.

Über dunkle Kanäle hatte es sich herumgesprochen, daß man an diesem Sonntagabend nicht irgendeine harmlose Laiengruppe aus der Provinz zu sehen bekäme, sondern die Besatzung des Kraillinger Kellertheaters. »Sie wissen schon, die mit den Morden!«

Auf alle Fälle: Es versprach, ein interessanter Abend zu werden. Was tatsächlich stimmte.

Man hatte keine neuen Theaterzettel gedruckt.

Aber auf jedem einzelnen Programm hatten die Freunde Tiffy Bahlkes ein schwarzes Kreuz hinter seinen Namen gemalt. Sie hatten noch stundenlang daran gearbeitet.

Je näher der Zeiger seiner uralten Zwiebel der ominösen Acht auf dem Ziffernblatt rückte, desto unruhiger wurde Kommissar Hofbauer. Nicht nur, weil es galt, den Mörder nicht entwischen zu lassen, sondern auch, weil er seinen Freunden da oben herzlich gönnte, einen seriösen Abschied zu feiern.

Hatten sie das alles einigermaßen unbeschadet verkraftet? Wie war es mit ihren Nerven bestellt, vor einem vollen, großen Saal zu spielen? Würde Amalie Gallwein dabei sein? Und Heidi Müller? Er biß sich auf die Lippen, als er an Gäubels Herzattacken denken mußte. Die, auf alle Fälle, waren jetzt ausgestanden.

Nervös starrte er nach vorne.

Sie spielten auch hier ohne Vorhang, so, wie sie es in Krailling geprobt hatten. Der Holzstumpf stand auf der linken Seite, ein wenig verloren, denn die Bühne der Black Box war um ein Vielfaches größer als die Bühne in Krailling. Der Beleuchter an seinem Mischpult dimmte das Licht ein klein wenig herunter, das Geplapper der Zuschauer verstummte.

Die Souffleuse setzte sich ihre Brille auf.

Sekunden lang geschah nichts.

»Philippa?«

Keine Antwort.

»Philippa?«

Die Gallwein erschien, schlängelte sich von der hintersten Reihe aus durch das Publikum, von Kopf bis Fuß Lady Loxfield, angetan mit dem unvermeidlichen Hut. Sie ging die letzten Schritte durch den Saal, stieg auf die Bühne.

»Philippa!«

Die Stimme von Karin Möhl war zu hören.

»Ja doch, Mama, ich komme ja schon.«

Philippa erschien aus dem Publikum, so wie ihre Mutter es getan hatte.

»Wo bist du denn?«

Auch Philippa betrat die Bühne.

»Also Philippa, ich verstehe das nicht. Wie kannst du mich in diesem Augenblick, in dem weiß Gott was geschehen kann, allein lassen?«

Sie rückte ihren Hut zurecht.

»Ich hab dich doch nicht allein gelassen, Mama – ich bin nur ein paar Schritte hinter dir gegangen ...«

Das Spiel nahm seinen Lauf. Ein letztes Mal trafen sich die neun Menschen vor dem Tor der Fremden Stadt, auf der Suche nach dem Abenteuer der letzten Dinge. Ines Gabor strahlte, Jockl Temsch war ihr begabter Liebhaber. Paul Grollberger alias Malcolm nannte den Chef der Mittelland-Bank eine gemeine und verachtungswürdige alte Kröte. Michael Bernold spielte den gerissenen Geschäftsmann Cudworth, der ständig ein Postamt suchte. Es lief alles wie am Schnürchen.

Tat es das? Hofbauer merkte es zuerst an Mutter Batley. Heidi Müller war routiniert wie eh und je. Ihr Solopart von dem schönen Zimmer, das man ihr gegeben hatte, *»ganz für mich alleine«*, gelang ihr gut.

Aber nicht gut genug. Nicht so, wie Hofbauer es vom Kellertheater her gewohnt war. Auch die anderen trugen eine Last mit sich herum, die man nicht sehen, sondern nur spüren konnte. Ein unsichtbarer Zwang lag in ihren Worten, ihrer Mimik, ihren Gesten. Eine große Traurigkeit.

Ganz anders gab sich Ludwig Gäubel. Er war bestens aufgelegt, witzig, mit altenglischer Würde. Er tobte sich aus, hemmungslos. Hofbauer sah kurz zu Anita hinüber, sie schien das gleiche zu spüren wie er. Es folgte die Erkennungsszene, sie kam ganz zum Schluß, von der Regie Priestleys bestens plaziert.

Gäubel stand mitten auf der Bühne, in voller Größe, lässig schwang er den Schläger hin und her.

»West-Windenheim. Na ja, das muß es ja sein. Ich hab da auf dem Golfplatz gespielt und ... Aber das sieht gar nicht so aus. Ich verstehe das nicht ...«

Er schielte zu seinen Mitspielern hinüber, musterte einzeln ihre Gesichter. Kein Lächeln, kein Augenzwinkern.

»Spielen Sie Golf? Sie spielen wohl nicht Golf, was?«

Gäubel nahm das Fläschchen in die Hand, drehte den Korken ab, setzte das Fläschchen an den Mund.

»Halt!«

Noch ehe Mutter Batley antworten konnte, war Hofbauer aufgesprungen und in schnellen Schritten bei Gäubel auf der Bühne. Das Fläschchen fiel zu Boden. Es war leer.

Wie ein Mann rissen die beiden Fotografen ihre Kameras in die Höhe, feuerten ein wahres Blitzlichtgewitter ab in Richtung Gäubel und Hofbauer. Sie waren heilfroh, nicht mehr untätig herumsitzen zu müssen.

»Tut mir leid, meine Damen und Herren«, der Kommissar machte eine beruhigende Geste in Richtung Publikum, »aber das Spiel ist an dieser Stelle leider aus.«

Er packte Gäubel am Handgelenk. »Ludwig Gäubel«, sagte Hofbauer, »ich nehme Sie fest wegen des dringenden Verdachts, Siegmund Kalduweit und Tiffy Bahlke ermordet zu haben.«

»Na, endlich«, sagte Gäubel.

Die Zuschauer rührten sich nicht. Viele glaubten, Hofbauers Auftritt gehöre zum Stück, manche grinsten, versprachen sich einen ganz besonderen Gag.

»Sie haben Siegmund Kalduweit in der Freinacht zur Steinkirchener Würmbrücke gelockt und ihn dort erdrosselt. Aus Rache.«

Hofbauer legte eine kurze Pause ein. »Kalduweit hat am 27. April 1945 Ihren Freund Friedrich Barthel erschossen. In Planegg. Kalduweit war Mitglied der Wachmannschaft des Konzentrationslagers Dachau.«

Atemlose Stille im Publikum.

»Tiffy Bahlke hat Sie bei Ihrem Racheakt beobachtet. Er hat Sie erpreßt, wir haben die entsprechenden Unterlagen sichergestellt. Sie haben den Inhalt des Fläschchens ...«

Mit einer unwilligen Handbewegung machte Gäubel sich frei, Zinner und Lederer traten schnell hinzu, aber Gäubel machte keinerlei Anstalten, zu fliehen.

»Einen Gäubel erpreßt man nicht«, sagte er ruhig. Er nahm den Golfschläger, betrachtete ihn nachdenklich. »Ich habe Siegmund Kalduweit ein Leben lang verfolgt. Aber erst jetzt, da ich alt bin, habe ich die Freiheit erlangt, ihn zu töten. Tiffy Bahlke war eine Panne. Warum mußte er mir auch dazwischenfunken?«

Er lächelte.

»Ich träumte, ich sähe die neue Stadt – Die Stadt meiner Freunde sah ich im Traum.«

Gäubel drückte den Golfschläger dem spachlosen Zinner in die Hand. »Diese Stadt gibt es nicht, ihr Lieben!« Er drehte sich um und ging mit Hofbauer in Richtung der Stadtmauer. Vor dem Tor machten sie Halt, zögerten, und verschwanden nach rechts in den Kulissen.

»Welch ein starker Abgang!« rief Amalie Gallwein neidisch.

Jetzt erst merkten die Zuschauer, daß der letzte Teil des Dramas kein Theater mehr war. Sie sprangen auf, standen in den Stuhlreihen, debattierten erregt. So etwas hatten sie noch nie erlebt! Eine Festnahme auf offener Bühne! Die Festnahme eines echten Mörders durch echte Polizisten!

Es dauerte lange, bis sie sich entschlossen hatten, den Ort des Geschehens zu verlassen. Sie gingen zur Garderobe, hatten es überhaupt nicht eilig, lieferten sich keine der gewohnten Schlachten um die strategisch günstigsten Plätze. Immer noch aufgeregt, zogen sie ihre Jacken und Mäntel an, stülpten sich nach und nach und immer noch diskutierend den Alltag über. Eine graue, graue Woche lag vor ihnen.

Die beiden Fotografen standen in einer Ecke, betrachteten voller Freude und Stolz die Fotos in ihren Digitalkameras. Das war mal etwas anderes als ständig diese Bildchen von dämlichen Gemeinderäten oder hundertjährigen Geburtstagskindern! Oder von den Einweihungsfeierlichkeiten einer neuen Feuerwehrspritze.

Nur Lichtlein schlich belämmert von dannen, den wild gestikulierenden Staatsanwalt im Nacken. Eine entscheidend neue Beweislage hatte sich aufgetan! Bastian Hofbauer war sofort freizulassen!

»Sie rauchen zu viel, Lichtlein! Sie brauchen dringend Erholung! Machen Sie Urlaub in den Bergen!«

Dr. Dieckmann verfolgte Lichtlein bis hinunter zur Isarbrücke. Dann erst konnte sich der Hauptkommissar erfolgreich in die Büsche schlagen.

Sein Kollege Peter Hofbauer war erschöpft, leidlich zufrieden, durstig nach einem frischen Bier. Er saß mit den Schauspielern noch immer in der Black Box, hinter der Bühne, wollte sich verabschieden.

Arbeiter trugen die Pappdeckelmauer ab, stellten das Tor zur Seite. Irgend jemand, so hieß es, sollte die Dinger mit nach

Krailling nehmen. Oder vernichten. Sie wurden nicht mehr gebraucht. Neue Kulissen standen schon bereit.

Die Schauspieler der TIK waren noch lange nicht bereit, einen Schlußstrich zu ziehen. Sie waren zu nahe dran gewesen an den Ereignissen, sie kamen sich betrogen vor, dezimiert, vom Schicksal verlassen.

»Ausgerechnet Gäubelchen«, seufzte die Gallwein, »man kann sich auf niemanden mehr verlassen.«

Heidi Müller zerknüllte ihre Kittelschürze. »Alte Männer sind gefährlich«, sagte sie, nachdem sie sich einigermaßen gefaßt hatte, »denn die Zukunft ist ihnen völlig egal. Stammt nicht von mir, übrigens ...«

»Aber es könnte was dran sein«, antwortete Hofbauer.

Die Gallwein rückte ihren Hut zurecht. »Gäubels Herzattacken waren also getürkt?« wollte sie wissen.

»Er ist ein guter Schauspieler! Es gelang ihm sogar, seinen Arzt reinzulegen.«

»Und woher hatte er das Gift?«

»Von seinen Reisen nach Südamerika. Er hat sein Opfer jahrelang dort gesucht. Und er hat einiges Material über Siegmund gesammelt, hat es säuberlich abgeheftet und im Schreibtisch aufbewahrt.«

Die Bühnenarbeiter kamen, fragten, wo sie die Mauer stapeln sollten, aber niemand gab Antwort. Mißmutig knurrend werkelten sie weiter.

Emmy Kalduweits Porzellangesicht war zur Maske erstarrt. Sie hatte zwei Männer verloren, einen alten und einen jungen. Hofbauer fand das derart skurril, daß er sich fast schämte, in allen Einzelheiten darüber nachzudenken. Und auch noch daran beteiligt gewesen zu sein, wenn auch nur als Kommissar.

Mit schwacher Stimme bat sie Jockl Temsch, sie nach Krailling zu fahren. Der nickte und stand auf.

Emmy Kalduweit erhob sich, ging zu jedem einzelnen und bedankte sich. Hofbauer und Anita übersah sie geflissentlich.

»Ich werde die Theatergruppe nie vergessen«, sagte sie. »Auch ich werde alt. Aber ich werde niemanden töten, das verspreche ich euch.«

Als sie gegangen war, sank die Stimmung auf den Nullpunkt. Man hörte das Hämmern von der Bühne her, das Herumschieben der neuen Kulissen, sonst nichts.

Karin Möhl fing an zu heulen. *»Spielen Sie Golf?«* schluchzte sie. »Mein Gott, war es schön!«

Die Minuten vergingen.

»Es hilft ja nichts!« Das war Ines, mit einem schüchternen Anflug ihres berühmten Lächelns. »Es hilft ja nun wirklich nichts!«

»Darf ich Sie mal etwas fragen?« sagte Hofbauer, »nur so ganz nebenbei?«

»Meinetwegen!« brummte Heidi Müller, nachdem sonst keiner eine Antwort gab.

»Wer von Ihnen hat die Geschichte von Gäubels Freund Friedrich gekannt? Wer hat gewußt, was damals, am 27. April 1945, in Planegg geschehen ist? Ines vielleicht? Und wer war tatsächlich mit dabei? Truxeis? Sie, Frau Müller?«

Er überlegte kurz. »Die alte Dame mit dem Gehwägelchen?«

»Niemand!« sagte Heidi Müller. »Niemand und alle.«

»Ach, so ist das«, sagte Hofbauer.

»Niemand hat's gewußt, und keiner war mit dabei!«

»Sie sind sehr gute Schauspieler«, antwortete der Kommissar.

Tags darauf saß er im Auto, übernächtig und doch voller Spannung.

Der Fall Kalduweit war erledigt, der Fall Bastian Hofbauer war nie einer gewesen. Schräg gegenüber lag das Gebäude der Justizvollzugsanstalt Stadelheim. Es regnete, was zunächst gar nicht zu passen schien.

Um zehn Uhr sollte Bastian entlassen werden. Sachbeschädigung und grober Unfug war alles, was von Lichtleins Anschuldigungen übergeblieben war.

»Alte Männer sind gefährlich«, hatte Heidi Müller gesagt. Wie gefährlich waren 16-jährige Jungen? War auch ihnen die Zukunft egal?

Die Tür ging auf, und Rechtsanwalt Voss erschien. Neben ihm stand Bastian, schon wieder ein paar Zentimeter gewachsen und um Wochen älter geworden. Die beiden gaben sich die Hand, dann ging der Rechtsanwalt zur U-Bahnstation.

Hofbauer öffnete die Autotür. Da kam Frau Quedlinburg, an ihrer Seite Töchterchen Susi. Susi rannte auf Bastian zu, die beiden versanken in einer seligen Umarmung. Gerührt stand Frau Quedlinburg dabei. Leise plätscherte der Regen auf das Autodach.

»Bastian Hofbauer«, sagte Hauptkommissar Hofbauer und schlug die Autotür zu. »Ich kümmere mich um dich. Du entkommst mir nicht!«

Langsam fuhr er Richtung Perlacherstraße, um sich ein paar Brezeln mit Butter und Honig zu genehmigen.